ブックレット〈書物をひらく〉1

死を想え
『九相詩』と『一休骸骨』

今西祐一郎

平凡社

死を想え『九相詩』と『一休骸骨』［目次］

一▶死を語る

『源氏物語』の死

『源氏物語』が出現するまで、平安時代の物語は人物の死をくわしく語ることはなかった。たとえば『伊勢物語』は、「男」の辞世の歌で物語を閉じるが、その最後の段は、

むかし、男、わづらひて心地《ここち》死ぬべくおぼえければ、
つひに行く道とはかねて聞きしかど昨日今日とは思はざりしを

とあるだけ。これでは、

病《やまひ》して弱くなりにける時、よめる　在原業平▲
つひに行くみちとはかねて聞きしかど昨日今日とは思はざりしを

在原業平　『古今和歌集』の代表的歌人。僧正遍昭や小野小町とならぶ六歌仙の一人。『伊勢物語』の主人公。

という、『古今和歌集』とたいした違いはない。

ところが『源氏物語』は、開巻「桐壺」で、光源氏の母更衣《こうい》▲が死ぬのを皮切りに、夕顔、葵《あおい》の上、藤壺、紫の上、宇治の大君《おおいきみ》▲など、物語で重要な役割を担う女性の死を次々に語る。

生前はいうまでもなく、死んでなお美しい女性たちである。なかでも夕顔、紫の上、宇治の大君の三人の死は、江戸初期に出版された『絵入源氏物語』▲で挿絵を添えて鑑賞された哀愁漂う場面であった。最初は、夕顔巻、源氏が秘密の逢瀬《おうせ》のさなかに頓死させた夕顔の亡骸《なきがら》の様子である（図1）。

おそろしきけもおぼえず、いとらうたげなるさまして、まだいさゝか変はりたるところなし。手をとらへて、「われにいま一たび声をだに聞かせ給へ。いかなるむかしの契りにかありけん、しばしのほどに心を尽くしてあはれに思《おも》ほえしを、うち捨ててまどはし給ふがいみじきこと」と声もをしまず泣き給ふこと限りなし。

（恐ろしい感じもせず、とても可憐な様子で、まだ生前と少しもかわったところはない。源氏は亡骸の手を取って、「私にもう一度だけでいいから声を聞かせてください。どのような前世からの約束だったのだろう、短期

母更衣　『源氏物語』の主人公光源氏の母、桐壺更衣《きりつぼのこうい》。大臣の娘は「女御《にょうご》」として入内《じゅだい》（後宮に入ること）するが、大納言の娘であった光源氏の母は一段下位の「更衣」であり、与えられた御殿の名「桐壺」にちなんで「桐壺更衣」と呼ばれた。

宇治の大君　『源氏物語』第三部の宇治十帖《うじじゅうじょう》に登場する女性。光源氏の異母弟「宇治の八宮《はちのみや》」の娘。光源氏の子（実は源氏の妻、女三宮《おんなさんのみや》と柏木《かしわぎ》との間の不義の子）薫《かおる》の思慕の相手。「総角《あげまき》」巻で死去。

『絵入源氏物語』　蒔絵師を家業とする俳諧師山本春正が慶安三年（一六五〇）に出版した挿絵入り（全二百二十六図）の『源氏物語』。承応三年（一六五四）刊本が多く伝わる。それ以前にも複数の古活字版と、刊年不明（慶安年間以前か）の整版の『源氏物語』が出版されていたが、それらにはいずれも挿絵はなかった。春正の挿絵は、万治三年（一六六〇）の横本、それ以後の小本など、以後の『源氏物語』の出版に踏襲さ

れ、近代になっても、有朋堂文庫版に転載され親しまれた。全二百二十六図を抜き出し、各図に解説を加えた『絵本源氏物語』（日本古典文学会編、一九八八年、貴重本刊行会刊）があるが、絶版。

間に心の底から愛しく思っていたのに、私をこの世に捨てて途方に暮れさせなさるとはひどい」と、憚《はばか》ることなく声をあげてひたすらお泣きになる。）

二番目は、御法《みのり》巻、源氏の生涯の伴侶《はんりょ》、紫の上の死（図２）。

大殿油《おおとなぶら》を近くかかげて見たてまつり給ふに、あかずうつくしげにめでたうき

図１　夕顔の死

図２　紫の上の死

ように見ゆる御顔のあたらしさに、この君のかくのぞき給ふを見る見るも、あながちに隠さんの御心もおぼされぬなめり。かく何事もまだ変はらぬ御気色ながら、限りのさまはしるかりけるこそとて、御袖を顔におしあて給へるほど［……］。

（灯を傍《そば》ちかくにかかげて亡骸《なきがら》を御覧になるに、見飽きることなく可憐ですばらしく綺麗に見える紫の上の容貌の勿体《もったい》なさに、息子の夕霧が覗いているのを知りながら、強いて隠そうともお思いにならないのであろう。このように生前とちっとも変わらぬ御表情なのに、死は疑いようもないのだとご自分に言い聞かせて、涙をぬぐうために袖《そで》を顔に押し当てなさって［……］）。

死んだばかりの紫の上の亡骸も、夕顔同様、生前と変わるところなく美しい。「この君のかくのぞき給ふ」というのは、かねて義母紫の上の美しさに魅せられていた光源氏の息夕霧のことである。

蝉の殻

次いで、宇治十帖、総角《あげまき》巻の、薫《かおる》の想い人大君の死の場面（図3）。

中納言の君は、さりとも、いとかゝる事あらじ、夢かとおぼして、御殿油を近うかゝげて見たてまつり給ふに、隠し給ふ顔も、たゞ寝たまへるやうにて、変はりたまへるところもなく、うつくしげにてうち臥し給へるを、かくながら、虫の殻《から》のやうにても見るわざならましかばと、思ひまどはる。

（薫は、いくらなんでも、こんなことがあるものか、夢ではないのかとお思いになって、灯を亡骸の傍《そば》近くかかげて御覧になると、袖でお隠しになっている顔も、ただ寝ているようで、生前と何ら変わるところもなく、可憐な表情で横たわっていらっしゃるのを、このまま蝉の抜け殻のようにずっと見ていることができるものならいいのに、と茫然となさる。）

『古今和歌集』の部立　「部立」とは、歌集において歌を分類配列するための、分類項目。『古今和歌集』では、「春（上・下）、夏、秋（上・下）、冬、賀、離別、羇旅《きりょ》、物名《もののな》、恋（一～五）、哀傷、雑《ぞう》（上・下）、雑体《ざったい》、大歌所御歌《おおうたどころのおおんうた》・神遊びの歌・東歌《あずまうた》」の二十からなる。

図３　大君の死

ここでもまた、生前同様の死者の美しさが語られる。亡骸を「虫の殻のやうにても見るわざならましかば」とは、『古今和歌集』哀傷の部に収められる、

空蟬《うつせみ》は殻を見つつもなぐさめつ　深草の山煙《けぶり》だに立て（八三一番、僧都勝延）

という古歌の上の句を踏まえるが、それはさらに下の句「煙だに立て」に及んで次の「ひたぶるに煙にだになしはてゝむ」という思いにつながる。

いまはの事どもするに、御髪《おぐし》をかきやるに、さとうち匂ひたる、たゞありしながらの匂ひになつかしうかうばしきも、ありがたう、何ごとにてこの人をすこしもなのめなりしと思ひさまさむ、まことに世の中を思ひすてはつるしるべならば、おそろしげにうきことの、かなしさもさめぬべきふしをだに見つけさせ給へ、と仏を念じ給へど、いとゞ思ひのどめむ方なくのみあれば、言ふかひなくて、ひたぶるに煙にだになしはてゝむと思ほして、とかく例の作法どもするぞ、あさましかりける。

（納棺のための最後のお世話をして、髪をかき上げたところ、さっと匂った香りは生きていた時そのままの香りで恋しさをかき立てるような匂いが立ちこめるのも、普通ではなく、どのようにしてこの人の死を仕方ないと思いさますことができようか、真実、現世への執着を断ち切ってしまう仏の導きであるのなら、せめて大君の亡骸に恐ろしく醜く、悲しさも醒めてしまうような徴《しるし》を見つけさせてください、と仏にお願いなさるが、それも叶《かな》わずいっそう悲しみを抑えることができないばかりなので、どうしようもなくて、いっそのことただちに亡骸を火葬にしてしまおうとお思いになって、あれこれ段取りをするのは、信じられないようなことだった。）

『源氏物語』は女性の亡骸を細《こま》やかに描くだけではない。火葬のあと、残された者たちの悲しみをそれに倍する文章で綿々と書き綴るのも、『源氏物語』の発明だった。それについて筆者はかつて「哀傷と死」という一編で述べたので今は措く。

このような度重なる美しい亡骸の描写は、命の消滅という事態を冷静に見つめ、和歌では表現することの出来なかった死の実態を言葉で捉えるまでになった仮名文の成熟を示している。しかしそれはリアリズムではない。物語の死者がみな美しいのは、それが後宮で愛された物語の約束事だったからである。

「哀傷と死」 「哀傷」は、死者を悼むこと、またその歌。『万葉集』における「挽歌」に相当する。死に臨んだ当人が読む「辞世」の歌という概念は後世のもので、平安時代にはなかった。この論文では、『源氏物語』の前半では、人物の「死」は、死ぬ本人の側からではなく、死なれ、後に残された者の悲しみとして語られるのに対して、後半、柏木や紫の上、宇治の大君などの場合は、死にゆく者の内面が多く語られるようになるという、物語の叙述の変容を指摘した。『源氏物語覚書』（岩波書店、一九九八年）所収。

二▼醜悪な死

『今昔物語集』

しかし、もちろん死とはそのように美しいものではない。薫は、悲しみを醒《さ》ますために、大君《おおいきみ》の亡骸《なきがら》に「恐ろしげに憂《う》きことを見せ給へ」と仏を念じるが、考えてみればそれはそんなに難しいことではない。亡骸は放置すれば、いやでも「恐ろしげに憂き」状態になるからである。

芥川龍之介の『羅生門《らしょうもん》』の出典としても有名な『今昔《こんじゃく》物語集』▲には、羅生門上に捨てられた女の屍《しかばね》から毛髪を抜くという衝撃的な場面があった。その『今昔物語集』に、次のような話がある。巻十九の第二話、「三河守《みかわのかみ》大江定基出家語《しゅつけのこと》」という一話。

平安時代の『源氏物語』が書かれた少し前の時代、円融《えんゆう》天皇の御代に大江定《おおえのさだ》基《もと》▲という官人がいた。彼は大変美しい妻を伴って三河の国に赴任する。ところが美しい妻は病を患《わずら》って死ぬ。定基は「悲ビ心ニ不堪《たへず》シテ、久《ひさし》ク葬送スル事」をしなかった。定基も『源氏物語』の薫と同じように妻の亡骸を「虫の殻」のように

『今昔物語集』 平安時代後期に成立した説話集。成立は『源氏物語』より一世紀以上後の院政期であるが、『源氏物語』など宮廷社会を舞台にした物語には描かれない、平安時代の裏面を知ることの出来る貴重な説話集である。

大江定基 法名寂照《じゃくしょう》、応和二年（九六二）頃—長元七年（一〇三四）。平安時代中期の天台宗の僧・文人。参議大江斉光の子。三河入道・三河聖・円通大師とも称される。

そのまま見ていたいという気持ちだったのであろう。しかし「久ク葬送スル事無クシテ、抱キ臥《ふし》タリケルニ、日来《ひごろ》ヲ経ルニ、口ヲ吸《すひ》ケルニ、女ノ口ヨリ奇異《あさまし》キ臭《くさ》キ香ノ出来《いでき》タリケルニ、疎《うと》ム心出来テ、泣々《なくなく》ク葬シテケリ」、つまり亡骸を抱いて臥していたが、日が経つにつれ、接吻をすると妻の口からはとんでもなく臭い匂いがして、それに懲《こ》りてやっと葬儀をした、という。そのような目にあって定基は、「世ハ疎《う》キ物也ケリト思ヒ取テ、忽《たちまち》ニ道心ヲ発《をこ》シテケリ」、愛執に縛られたこの世はあさましいものだと悟って道心を起こし、やがて出家して寂照と号した。

同じような話が、同じ巻十九の第十話にも見える。それは「春宮蔵人《とうぐうのくらうど》宗正出家語」と題する話で、そこでも官人の美しい妻が死ぬ、そしてその死後、

　其ノ後、夫無限《かぎりな》ク思フト云ヘドモ、然《さ》テ置《おき》タルベキ事ニ非《あら》ネバ、棺《ひつぎ》ニ入《いれ》テ、葬《はうぶり》ノ日ノ未《いま》ダ遠カリケレバ、十余日家ニ置タルニ、夫此《こ》ノ死《しに》タル妻ノ無限《かぎりな》ク恋シク思《おぼ》エケレバ、思ヒ煩ヒテ、棺ヲ開テ望《のぞき》ケルニ、長カリシ髪ハ抜ケ落チ、枕上《まくらがみ》ニヲボトレテ有リ。愛敬付《あいぎやうづき》タリシ目ハ木ノ節《ふし》ノ抜《ぬけた》ル跡ノ様ニテ空《うつほ》ニ成レリ。身ノ色ハ黄黒《きぐろ》ニ変ジテ恐シ気《げ》也。鼻柱ハ倒レテ穴二ツ大《おほき》ニ開《あき》タリ。唇ハ薄紙《うすがみ》ノ様《やう》ニ成テ腠《しじ》マリタレバ、歯白ク上下《うへした》食ヒ合《あは》セラレテ有ル限リ見ユ。其ノ皃《かほ》ヲ見ケルニ、奇異《あさまし》ク恐シク思《おぼ》ヘテ、本《もと》ノ如ク覆《おほひ》テ去《さり》ニケリ。香《か》ハ口鼻

ニ入ル様ニテ無限《かぎりな》ク臭カリケレバ、噎《む》スル様ニナム有ケル。

（その後、夫宗正は妻の死を限りなく悲しく思うのであったが、亡骸をそのままにしておく訳にもいかず、棺に納めて、葬送の日はまだ先だったので、十日あまり家に置いたままにしていたが、夫宗正はその死んだ妻のことが恋しくてたまらないので、思案の末に棺のふたを開けて中を見たところ、長かった髪は頭から抜け落ちて枕の傍にわだかまっていた。魅力的だった目は木の節穴が抜けた跡のように何もない穴になっていた。肌の色は変色して黄ばみ黒ずんで不気味である。鼻柱も潰れて鼻孔二つがぽっかり開いている。唇は薄い紙のように干からび縮んで、嚙み合った上下の歯並びがむき出しに見える。そのような顔を見ていると言葉にならないほど恐ろしくなって、元のように棺のふたをしてその場を立ち去った。臭気は見ている者の口や鼻から侵入してくるようで、言いようもなく臭く、むせかえるような有様だった。）

妻の亡骸を棺に納めたものの、恋しさに堪えきれず十日あまり後に棺の蓋を開けてみると、そこにあるのは、髪は抜け落ち、目が節穴のように落ちくぼみ、肌は黄黒色に変じて鼻も崩れ落ちて穴二つと化していた妻の姿だった、という話。

この話の宗正も、定基と同じように道心を起こして出家し、多武峰《とうのみね》の増賀上人《ぞうがしょうにん》▲の弟子になったという。この二人はともに、『源氏物語』の薫が望んだ「恐ろしげに憂きことの、悲しさもさめぬべきふし」を妻の亡骸に見てしまったのである。
そもそも『今昔物語集』巻十九は、右に参照した二話がともに「……出家語《しゆつけのこと》」と題されているように、本朝仏法部、すなわち日本の仏教を語って、いろいろな人が様々な悲しい目に遭《あ》い、結局は出家するという話を集めた巻である。したがって『源氏物語』が死を、そして仏教を、貴族社会の美意識の範囲内にとどめて描くのに対し、そこでは美の領分からはみ出す、生々しい死、現世の暗部を見つめる仏教が語られていたのである。
けれども、注意すべきは、この二話は単なる事実の記述ではないという点だ。その記述の根本には仏教の教理がある。大江定基の伝を記した『続本朝往生《ほんちようおうじよう》伝《でん》▲』には、妻に死なれて出家した定基について、

［……］その後、任国において、愛するところの妻《め》逝去《し》せり。ここに恋慕に堪へずして、早《すみやか》に葬斂《そうれん》せず、かの九想を観じて、深く道心を起し、遂《つひ》にもて出家したり。

（原漢文。『日本思想大系 往生伝』の訓読による）

増賀上人　延喜十七年（九一七）―長保五年（一〇〇三）。平安中期の天台宗の僧。世俗の名聞を厭《いと》い、多武峯（奈良県桜井市）に隠棲した。『今昔物語集』や『宇治拾遺物語』、『発心集』、『撰集抄』などの説話集には、世俗の名聞を厭うがゆえの、増賀の奇矯な振舞いが記されている。

『続本朝往生伝』　大江匡房《おおえのまさふさ》（一〇四一―一一一一）の撰述になる往生者の伝記。慶滋保胤《よししげのやすたね》（？―一〇〇二）の『日本往生極楽記』以後の遺漏を補い、康和年間（一〇九九―一一〇三）の成立と推定される。収録される往生者は一条天皇から源忠遠妻に至る四十二人で、身分に従って配列されている。

と、定基の出家のきっかけを「かの九想《くそう》を観《かん》じ」たことに求めているが、「九想」とは「九相」とも書き、後述するように人間の亡骸の朽《く》ち果《は》てるプロセスを九段階に分かち、その不浄を見（観）ることによって、現世への執着を断ち切る仏道修行の一つである。定基は妻の死に際してその観想を実践して発心したのだという。

不浄観

『今昔物語集』の大江定基や春宮蔵人宗正は、愛する妻の死という悲境に遭って、心ならずも屍の腐敗を目にし、人の世の無常を観《かん》じて出家するに至ったのであるが、そのような出家へのプロセスを仏道の修行として自覚的に実践する者もいる。

中世の説話集『閑居《かんきょ》の友』▲の伝える、「あやしの僧の宮づかへのひまに不浄観をこらす事」という話である。比叡山の僧に仕えていた召使いの僧は、勤めは忠実だったが、夕暮れになると姿を消して翌朝早くには沈んだ風情《ふぜい》で戻ってくるという振舞いがあった。主人や同輩は、恋人に会いに行って満ち足りずして戻ってくるのであろうと邪推していた。それである時、証拠をつかもうと下男に男の跡をつけさせてみると、男は比叡山の麓《ふもと》、西坂本《さかもと》に下り、そこから西へ蓮台野《れんだいの》▲とい

『閑居の友』　鎌倉時代の僧慶政（一一八九―一二六八）の仏教説話集。慶政は若くして出家、西山に隠棲、中国（宋）にも渡った。三弥井書店刊『中世の文学』、岩波書店刊『新日本古典文学大系』に収録。とくに美濃部重克校注の三弥井書店版の解説は谷崎潤一郎の『夢の浮橋』にも言及して懇切丁寧、注も詳細である。

蓮台野　京都の北、船岡山から紙屋川《かみやがわ》に至る一帯の地。古来、東山の鳥辺野《とりべの》、西の化野《あだしの》とならぶ京都の葬地。

う墓地に向かった。下男が何をするのだろうと怪しんで見ていると、男は、傷《いた》みの激しい屍の傍らに座って、声を上げて泣いている。

この使、あやしく何わざぞと見ければ、あちこち分けすぎて、いひしらずいまいましく爛《ただ》れたる死人のそばにゐて、目を閉ぢ目を開きして、たびたびかやうにしつつ、声も惜しまずぞ泣きける。夜もすがらかやうにして、鐘もうつほどになりぬれば、涙おしのごひてなん帰りける。

(跡を付けてきた下男は、その僧が何事をするのであろうかと見ていると、墓地をあちらこちら踏み分け進んで、とんでもなくおぞましくも腐り爛れて放置されている死人の近くに座って、目を閉じたり開いたりを頻繁にしながら、声を上げて泣くのだった。一晩中そのようにして、明け方の鐘もなるころに、涙をぬぐって比叡山に帰って行った。)

実はこの男、不浄観を実践するために、夜ごとに比叡山を下り、蓮台野に通っていたのだ。彼は、日々に朽ち果ててゆく屍を見て、無常を悟ろうとしていたのだった。

谷崎潤一郎が描く不浄観

ところで、谷崎潤一郎には、この『閑居の友』に倣《なら》って不浄観を描写した作がある。『少将滋幹《しげもと》の母』である（昭和二十五年刊）。「少将滋幹」とは、年老いた大納言藤原国経と美貌の若き妻在原棟梁女《ありはらのむねやなのむすめ》との間に生まれた男子。しかし、美しい母棟梁女は、時の権力者左大臣藤原時平に奪われてしまう、という『今昔物語集』巻二十二の第八話「時平ノ大臣、取国経大納言妻語《くにつねのだいなごんのめをとれること》」をもとに、谷崎が母を奪われた滋幹の母恋の物語を仕立て上げた一篇である。

そのなかで、愛する妻を奪われ、その妻への愛執を断ち切ろうと苦悶する老大納言国経が試みたのが、深夜に墓地に出向き、若い女性の屍を前に不浄観を凝らすという実践であった。

不浄観を行うために墓地へ向かう老父国経の跡をつけた滋幹が見た光景は、

> そして、程なく滋幹は、父の足が止まつたので、自分もピタリと歩みをとどめた瞬間に、体ぢゆうが総毛立つものを眼前に見た。
>
> 月の光と云ふものは雪が積つたと同じに、いろいろのものを燐《りん》のやうな色で一様に塗り潰《つぶ》してしまふので、滋幹も最初の一刹那《せつな》は、そこの地上に横《よこた》はつてゐる妙な形をしたものの正体が摑《つか》めなかつたのであるが、瞳《ひとみ》を凝《こ》らしてゐ

るうちに、それが若い女の屍骸の腐りただれたものであることが頷《うなづ》けて来た。若い女のものであることは、部分的に面影を残してゐる四肢《しし》の肉づきや肌の色合で分《わか》つたが、長い髪の毛は皮膚ぐるみ鬘《かつら》のやうに頭蓋から脱落し、顔は押し潰されたとも膨《ふく》れ上つたとも見える一塊の肉のかたまりになり、腹部からは内臓が流れ出して、一面に蛆《うじ》がうごめいてゐた。[中略]父はと見ると、しづかにその屍骸に近寄つて、まづ恭《うやうや》しく礼拝してから、傍に置いてある莚《むしろ》の上にすわるのであつた。そして、さつき仏間でしてゐたやうに凝然と端坐して、ときどき屍骸の方を見ては又半眼に眼を閉ぢて沈思し出したのであった。

谷崎はこのように書いてきて、不浄観について、

不浄観のことが分り易い仮名交り文で書いてある書物は、他にもあるかも知れないが、筆者が知つてゐるのでは、世に慈鎮和尚の著とも云ひ、又勝月房慶政上人の著とも云ふ「閑居の友」がある。此の書は往生伝や発心集《ほっしん》に洩れてゐる往生発心者の伝記、名僧智識の逸話等を集録したもので、その巻の上の、「あやしの僧の宮づかひのひまに不浄観をこらす事」、「あやしのをとこ

野はらにてかばねを見て心をおこす事」、「からはしかはらの女のかばねの事」、その巻の下の、「宮ばらの女房の不浄のすがたを見する事」等を読めば、不浄観と云ふのがどう云ふことか大凡《おほよそ》その見当はつくのである。

と述べ、「同書に拠って一例を挙げると、ここにこんな話がある」といって、さきに紹介した「あやしの僧の宮づかへのひまに不浄観をこらす事」の概要を記す。谷崎は知らぬ顔で例証として『閑居の友』を持ち出すのであるが、しかし、滋幹が父の跡を付けて不浄観の現場を目撃するというストーリーが、同書の「あやしの僧の宮づかへのひまに不浄観をこらす事」に拠っていることは明らかであろう。

その観想の姿はどのようなものであったか。『閑居の友』の本文に即したものではなく、また時代も下る資料ではあるが、参考までに掲げよう（図4、5）。曹洞宗の僧、独庵玄光《どくあんげんこう》の『経山独庵叟護法集独語』（元禄五年（一六九二）刊）に収められる、「般若九《はんにやく》想図《そうず》賛《さん》」と題するものである。ちなみに、この図で観想する僧が唐人に描かれているのは、黄檗宗《おうばくしゅう》に代表されるような江戸時代の禅宗と中国との密接な関係のほかに、著者独庵玄光自身が七年間、長崎の有力寺院皓台寺《こうたいじ》で住職を務めたこと、また、その著『独庵独語』に清の碩学為《い》霖道霈《りんどうは》という僧から序文をもらう（高橋博巳「独庵玄光小伝（二）」『金城学院大学論集 人文科学編』五巻二号、二〇〇九年三月）など、独庵と中国との親密な関係を反映しているのであろうか。

図4　『般若九想図賛』

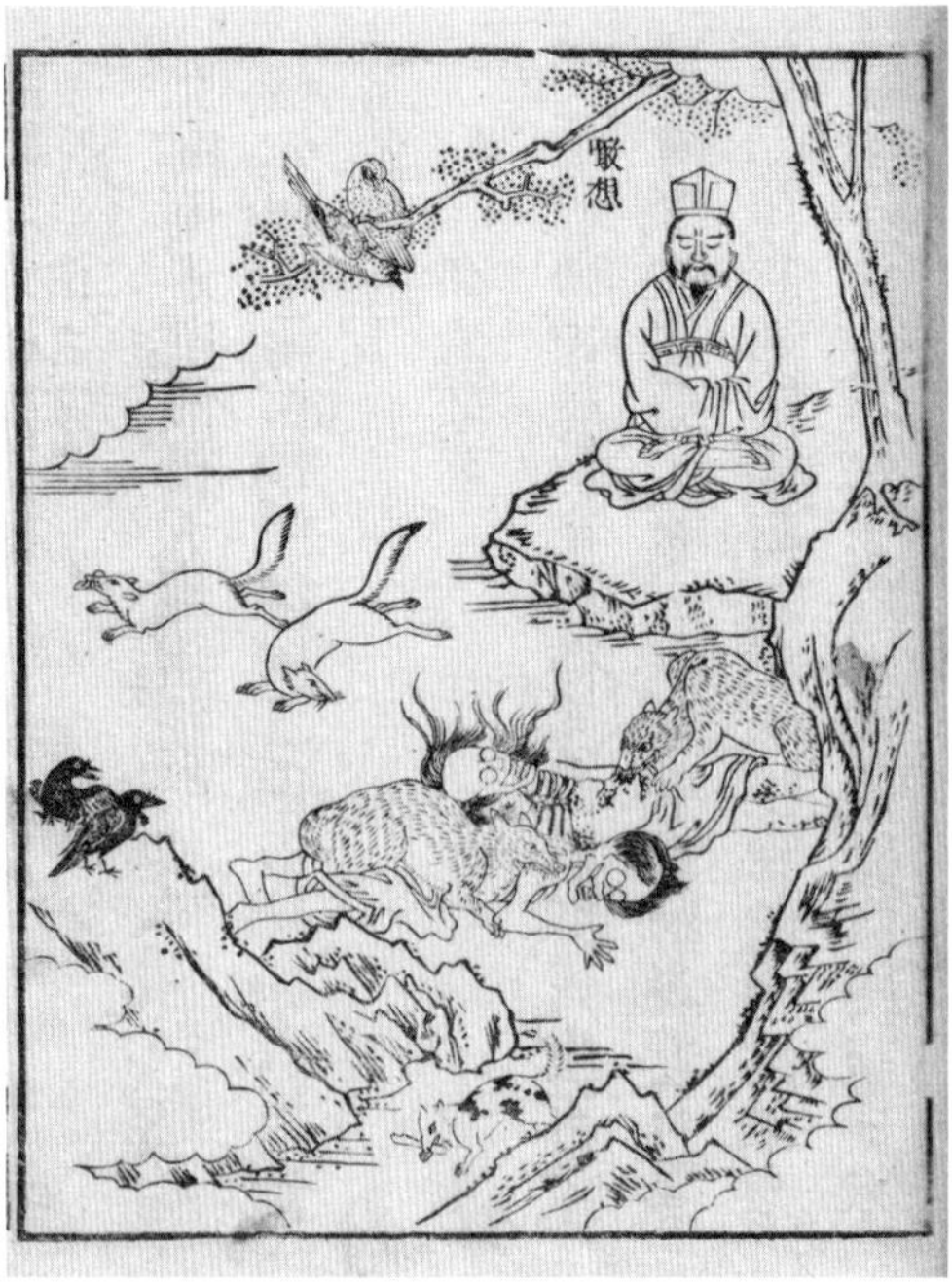

図５　『般若九想図賛』

三▶『九相詩』

腐敗する屍

『今昔物語集』に描写された「恐ろしげに憂きことの、悲しさもさめぬべき」死の実際、そして『続本朝往生伝』にいう大江定基が実践した九相観の「九相《くそう》」とはどのようなものであったのか。また、『閑居の友』の召使僧が不浄観を実践した屍の様はどのようなものであったのか。

それを絵により赤裸々にかつ筋道を立てて説明するのが「九相図《くそうず》」あるいは「九相詩」とよばれる絵画および絵入り本である。

人間の屍が時の推移につれて朽ち果てていく様を九段階に分け、その様を描くのが「九相図」、それぞれの絵に漢詩と和歌を添えたものが「九相詩」である。「九相図」には古くは十四世紀に制作されたとされる『九相図巻』▲が現存するが、その九段階の絵に、中国北宋の詩人、政治家であり書家でもあった蘇東坡《そとうば》▲作と伝えられる（その証拠はない）詩と和歌を添えて『九相詩』と題して、江戸前期には出版され流布《るふ》していた。まずその版本（無刊記）を紹介することから始めよう。

『九相図巻』　『九相図資料集成』（山本聡美・西山美佳編、岩田書院刊）所収。なお、『日本絵巻大成』七（中央公論社刊）には、『九相詩絵巻』の題で収録。

蘇東坡　蘇軾《そしょく》、一〇三六―一一〇一年。中国北宋代の政治家、詩人、書家。東坡居士と号したので、蘇東坡とも呼ばれた。

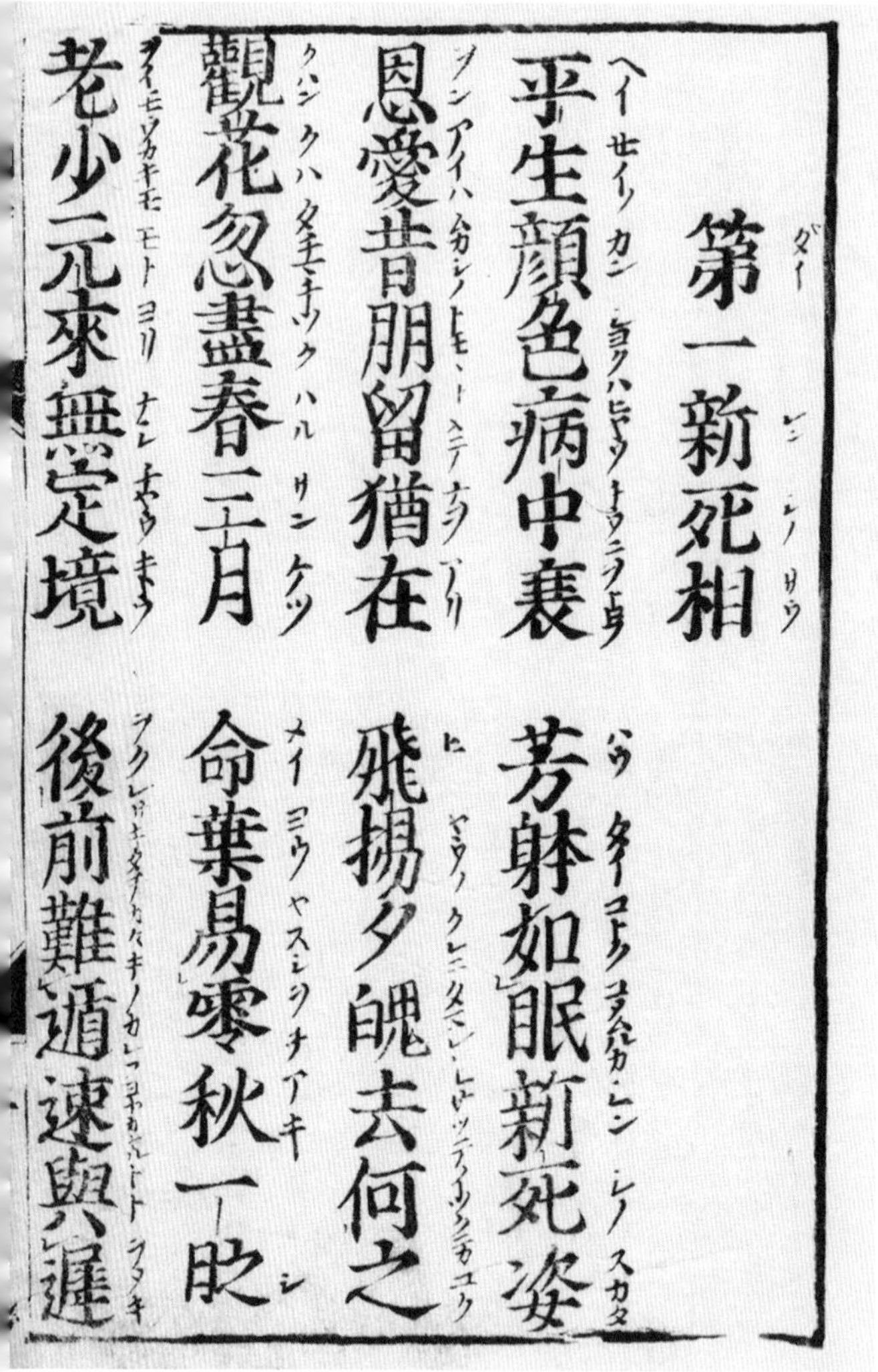

第一新死相
平生顔色病中衰　芳躰如眠新死姿
恩愛昔朋留猶在　飛揚夕䰟去何之
觀花忽盡春三月　命葉易零秋一暁
老少元來無定境　後前難遁速與遅

冒頭には「紅粉《こうふん》ノ翠黛《すいたい》ハ唯《ただ》、白皮ヲ綵《いろど》ル。男女ノ淫楽ハ互ニ臭骸ヲ抱《いだ》ク」で始まる漢文序があり、次いで第一から第九までの死の相が絵とともに示される。その九段階は、本により小異もあるが、この版本では、第一新死相《しんしのそう》、第二肪脹相《ぼうちょうのそう》、第三血塗相《けつとのそう》、第四方乱相《ほうらんのそう》、第五噉食相《たんじきのそう》、第六青瘀相《せいおのそう》、第七白骨連相《はっこつのれんそう》、第八骨散相《こつさんのそう》、第九古墳相《こふんそう》の九図からなる。

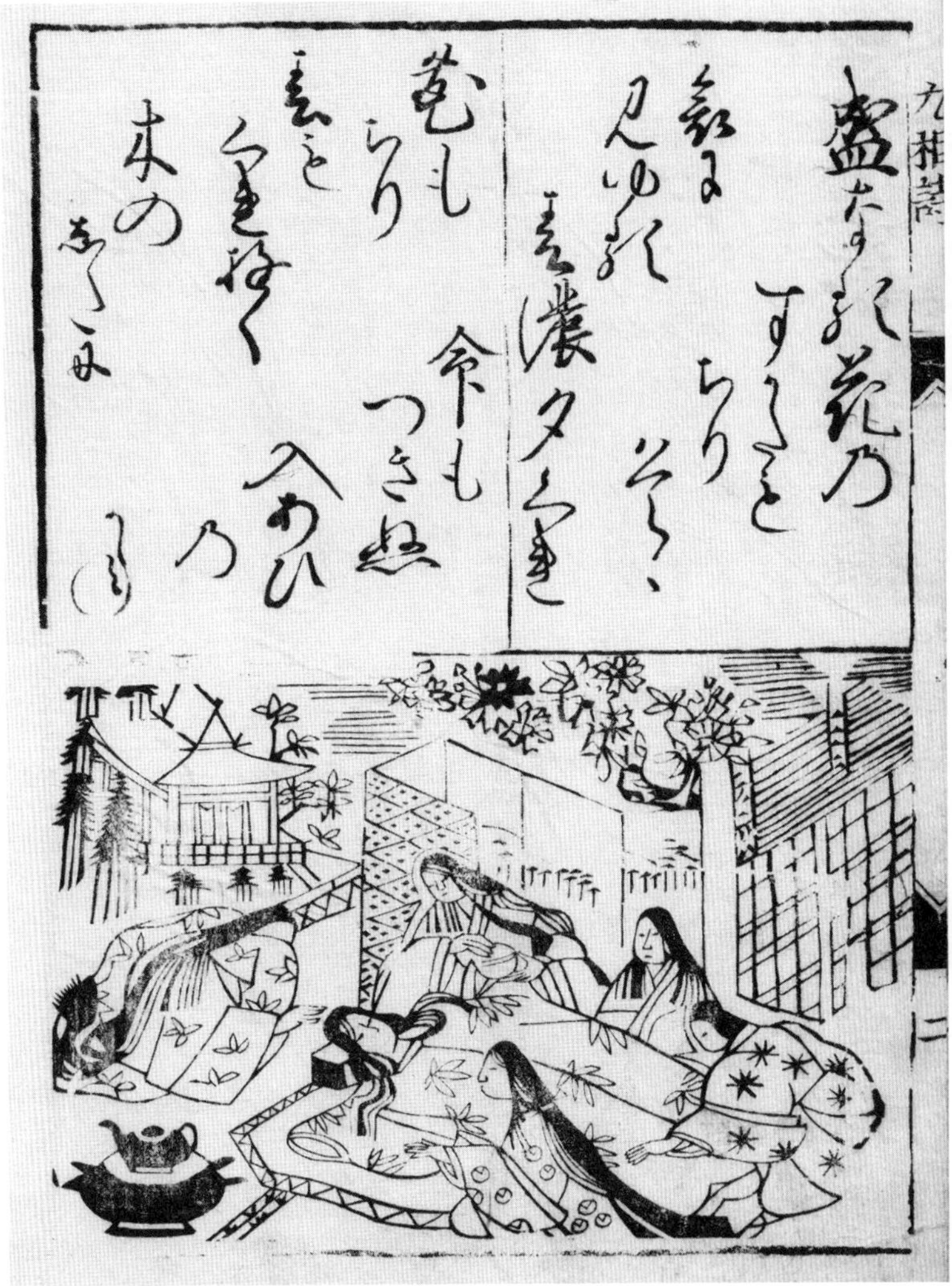

図6　元禄5年版『九相詩』第一新死相

盛なる花の
すかたも
哀に　ちり
見ゆる　はて、
春の夕くれ
花も　命も
ちり　つきぬ
春も　入あひ
くれゆく　の
木の　かね
したに

第一新死相の第一丁《ちょう》表裏に載る詩、和歌、絵をかかげる（図6）。美しい女性の死者を女房たちが取り囲んで悲嘆に暮れる新死相図は、さきにかかげた『源氏物語』の三場面の挿絵を思い出させるであろう。『源氏物語』ではそれぞれの女性の最後の場面であった構図が、『九相詩』では最初の絵なのだ。『九相詩』は、いわば「終わりの始まり」、ここから始まる屍の諸相を描くのである。

添えられた詩を訓読で示せば、

平生ノ顔色ハ病中ニ衰《おとろ》フ　芳躰眠ルガ如ク新死ノ姿
恩愛ハ昔ノ朋《とも》、留メテ猶《な》ヲ在リ　飛揚ノ夕、魄《たましひ》去テ何《いづく》ニカ之《ゆ》ク
観花忽ニ尽ク春三月　命葉零《お》チ易《やす》シ秋一時
老《おいたる》モ少《わかき》モ元来定境無シ　後前《をくれさきだち》遁レ難シ　速《すみやかなる》ト遅《おそき》ト

添えられた和歌二首は、

盛なる花のすがたもちりはてゝ哀に見ゆる春の夕くれ
花もちり春もくれゆく木のしたに命もつきぬ入あひのかね

第二肪脹相以下も、新死相と同じ構成であるが、詩は省略して絵と和歌だけを示す（図7〜14）。

あさからすしなは〔死なば〕ともにと契りける人はよそなるよもきふ〔蓬生〕の宿

ちりやすき秋の紅葉は霜かれて見しにもあらぬひと〱〔人々〕のいろ

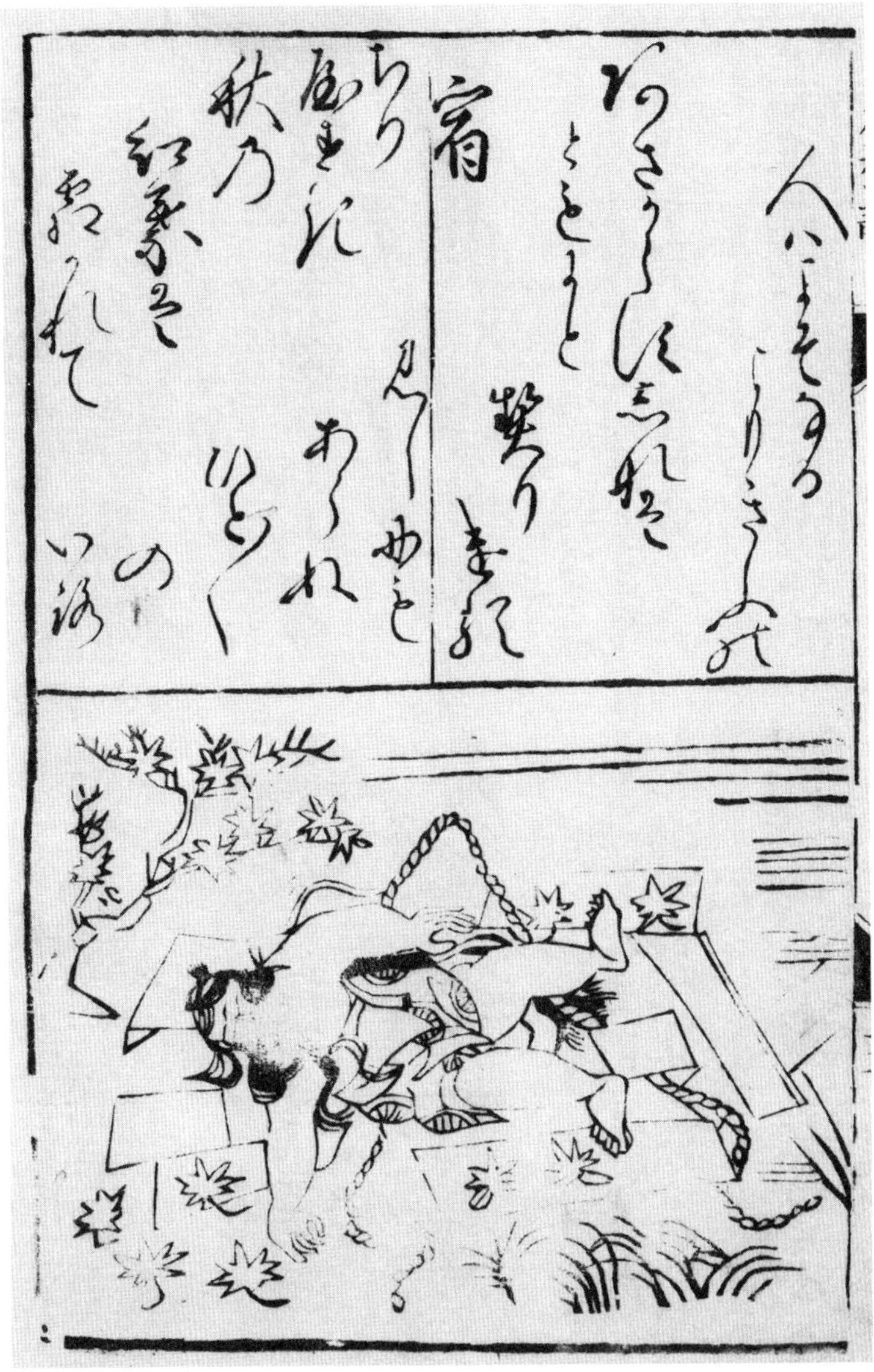

図7　第二肪脹相

皆人の我《わが》ものかほに思ひしに此《この》身のはてのなれるすがた《姿》よ

日にそへてかはる姿のまゆずみはきえて跡なき露の身そ《ぞ》うき

図8　第三血塗相

恨《うらみ》てもかひなきものは鳥部山まくす《真葛》かはらにすてらるゝ身を

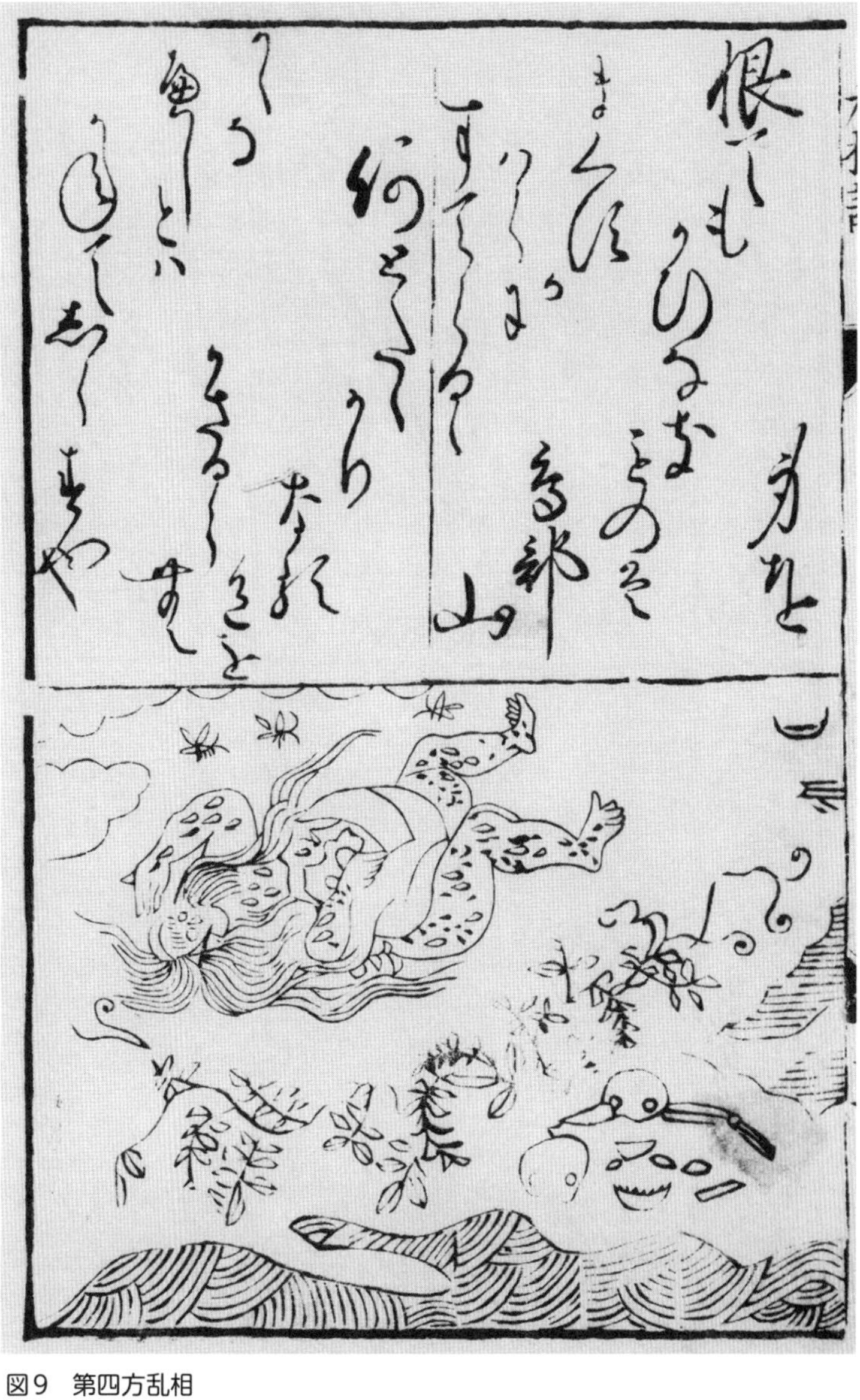

何とたゝかりなる色をかさる《飾》らむかゝるへしとはかねてしらすや

図9　第四方乱相

これを見て身はうき《憂》物と思ひしれ何の恨かこゝに有へ《べ》き

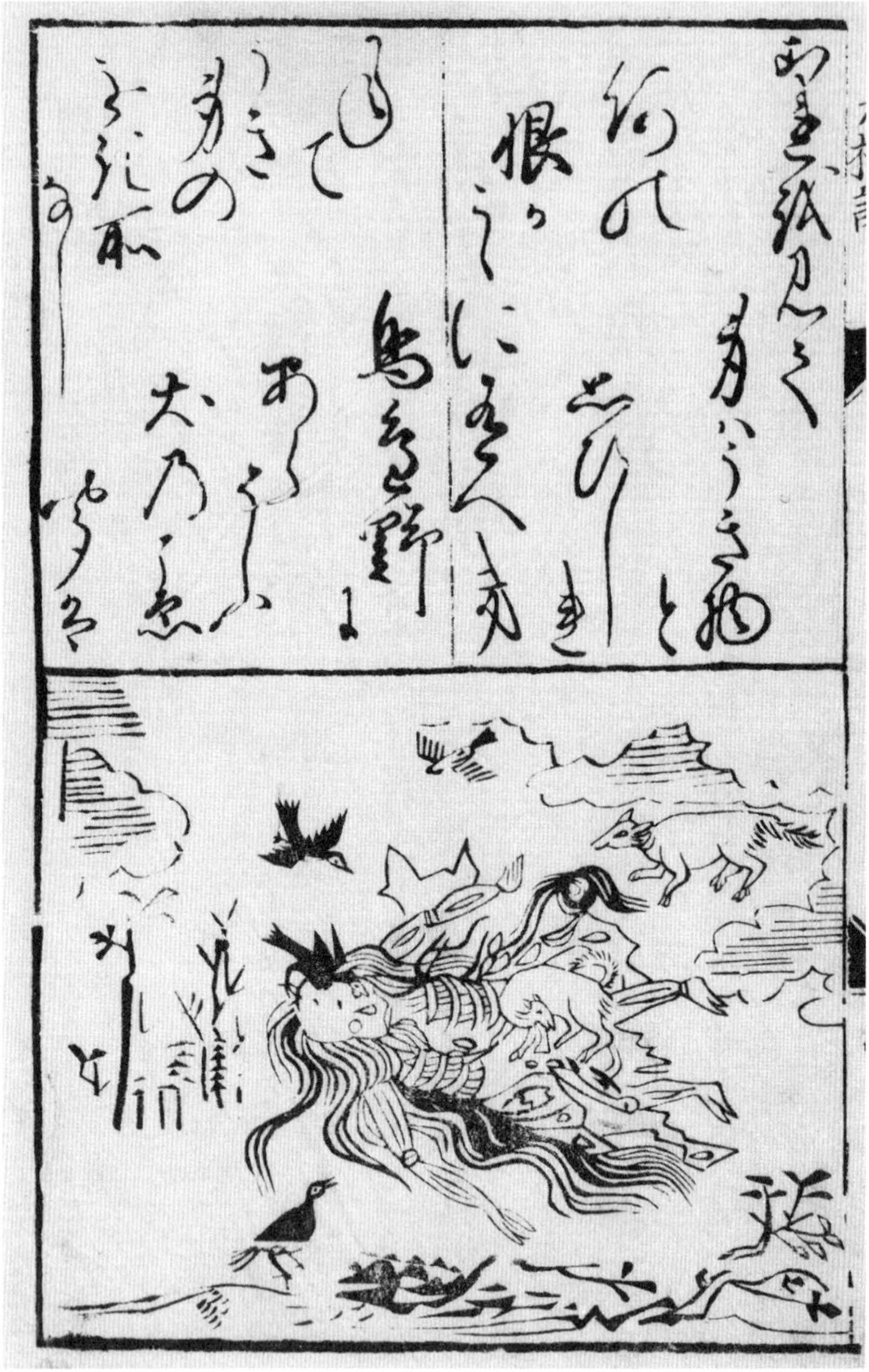

鳥辺野にあらそふ犬のこゑ聞は《声きけば》かねてうき身のをき《置》所なし

図10　第五噉食相

はかなしや朝夕なて《撫で》し黒髪のよもき《蓬》かもとのちり《塵》とこそなれ

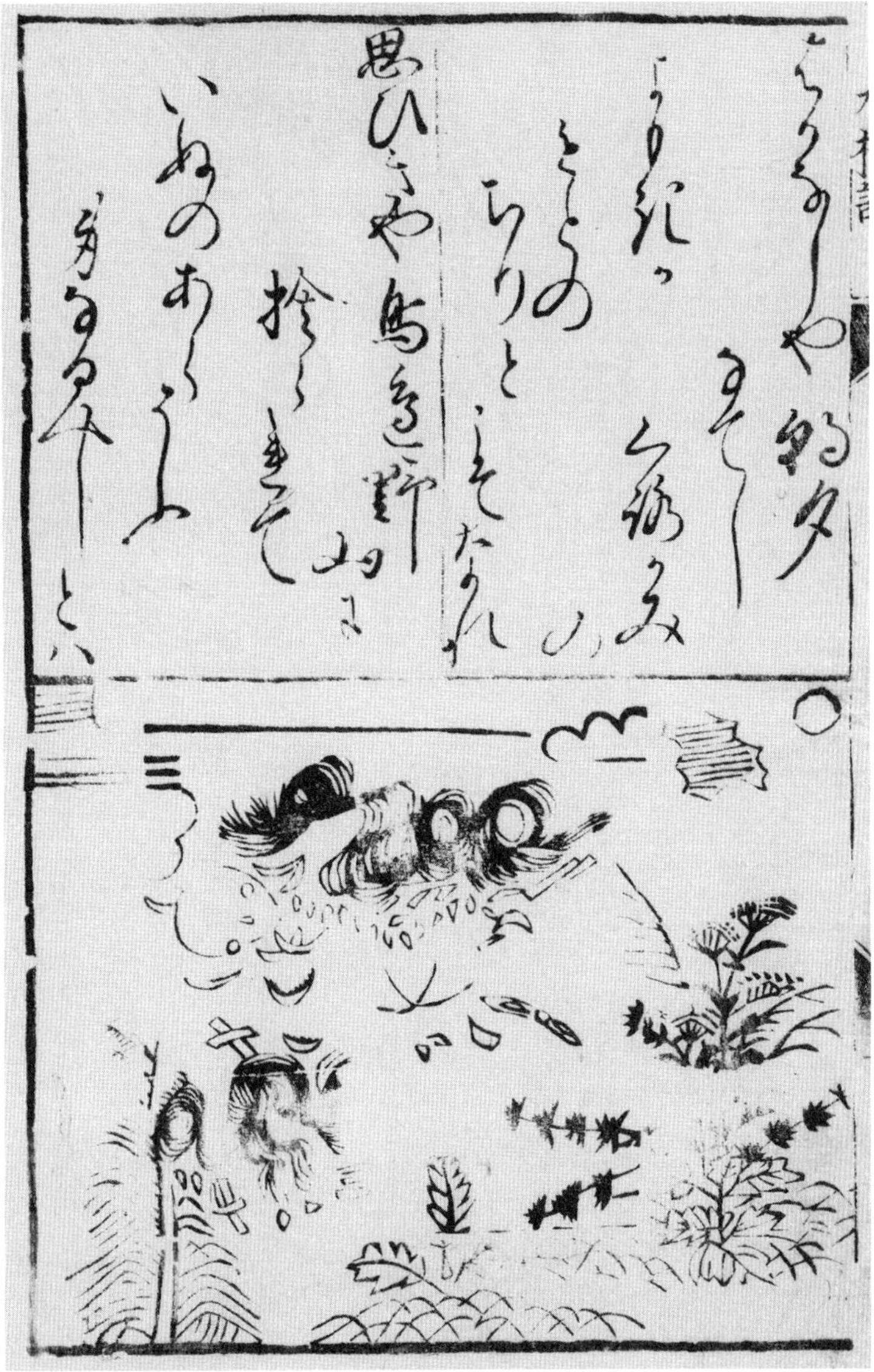

思ひきや鳥辺野山に捨られていぬのあらそふ身なるへしとは

図11　第六青瘀相

皮にこそおとこ女のいろはあれ骨にはかはる人かたもなし

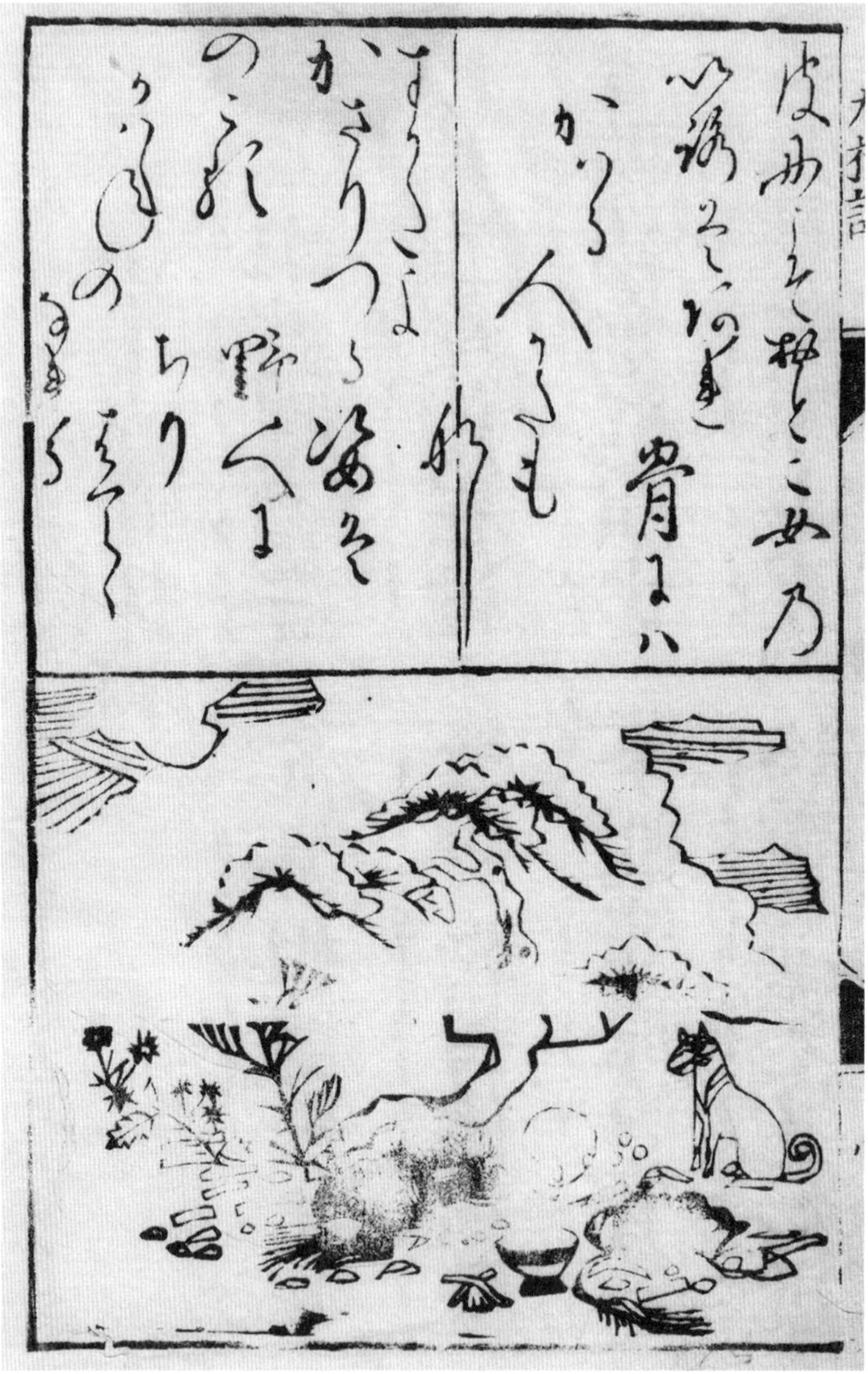

かさり《［飾］》つる姿は野へ《［野辺］》にちりはてゝのこるかはね《［屍］》のなれるすかた《［姿］》よ

図12　第七白骨連相

露の命きえにし跡をみよ顔に尾花かもとにのこるかはねを

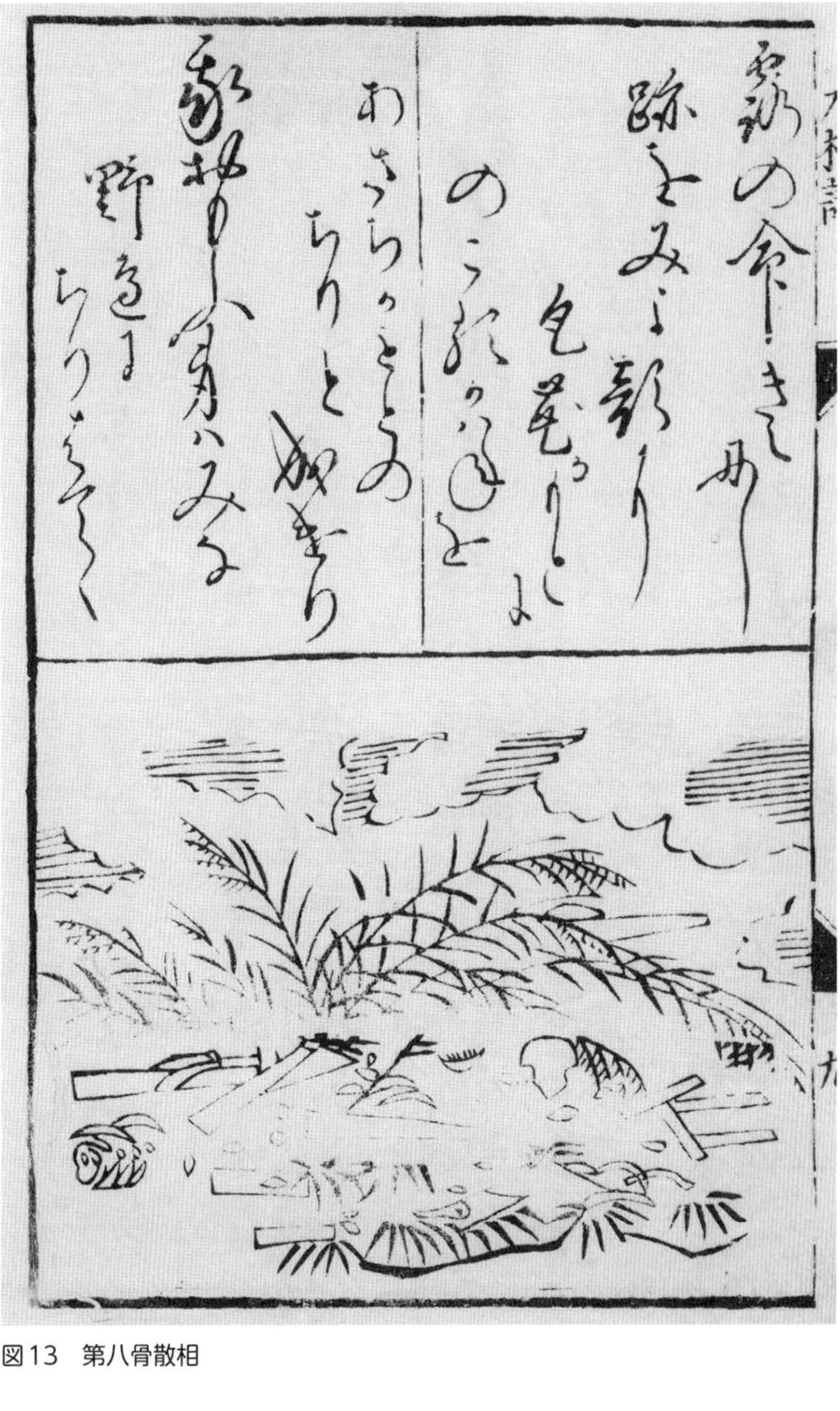

図13　第八骨散相

我おもふ身はみな野辺にちりはてゝあさち［浅茅］かもとのちりと成けり

鳥へ山《鳥辺山》すてにし人のあとゝへは《問へば》塚にはのこる露のこんはく《魂魄》

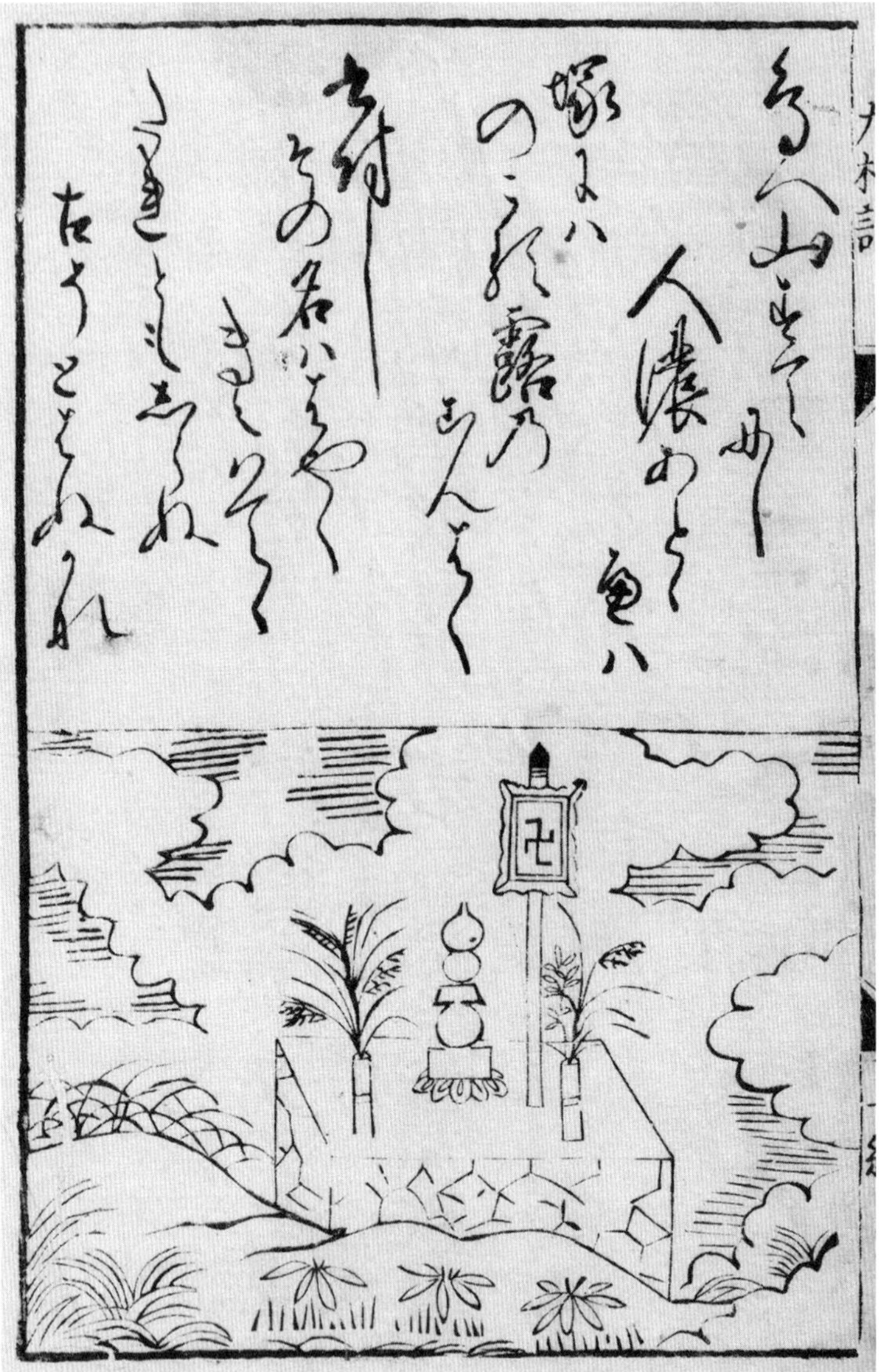

書付《かきつけ》しその名ははやくきえはてゝたれともしらぬ古そとは《卒塔婆》かな

図14　第九古墳相

『性霊集』『遍照発揮性霊集《へんじょうはっきしょうりょうしゅう》』。空海の詩、上表文、願文などを弟子の真済《しんぜい》が集成した詩文集。十巻。空海は平安時代初期の僧（七七四―八三五）。弘法大師の名で知られる真言宗の開祖。唐に留学して日本に真言密教を伝えた。能書家としても知られ、嵯峨天皇、橘逸勢《たちばなのはやなり》と共に三筆の一人。

『九相詩』の盛行

このように屍を凝視することによって人間の、この世の無常に思いを致すという姿勢は、ヨーロッパ中世における「メメント・モリ（死を想え）」にも通じる思想で、いかにも中世の匂いがする。漢詩と和歌を伴う『九相詩』も、右に紹介した江戸初期版本から始まったのではない。おそらく室町時代には出現していたのであろう。「九相」という考え方は遡っては空海の『性霊集《しょうりょうしゅう》』▲にも「九想詩十首」という表題で「九相詩」を見出すことが出来る。これは版本『九相詩』とは「九相」の名称も半数近く異なるだけでなく（第四方《ほう》塵相《じんのそう》、第六鎖骨猶連相《さこつゆうれんのそう》、第八白骨離《はっこつり》相《そう》、第九成灰相《せいかいのそう》）、詩も別物であり、『性霊集』の末尾にあることなどから、空海の作ではないとの説が『性霊集』の注釈『遍照《へんじょう》発揮《はっき》性霊集補闕鈔《ほけつしょう》』（慶安二年（一六四九）跋）（図15）には説かれている。この『補闕鈔』には、「九相詩」の「相」の字は誤りで「想」であること、▲また、「九相」の名称についても、いくつかの仏書に拠って、「一　脹想、二　壊想、三　血塗漫想、四　膿爛想、五　青瘀想、六　噉想、七　散想、八　骨想、九　焼想」とか、

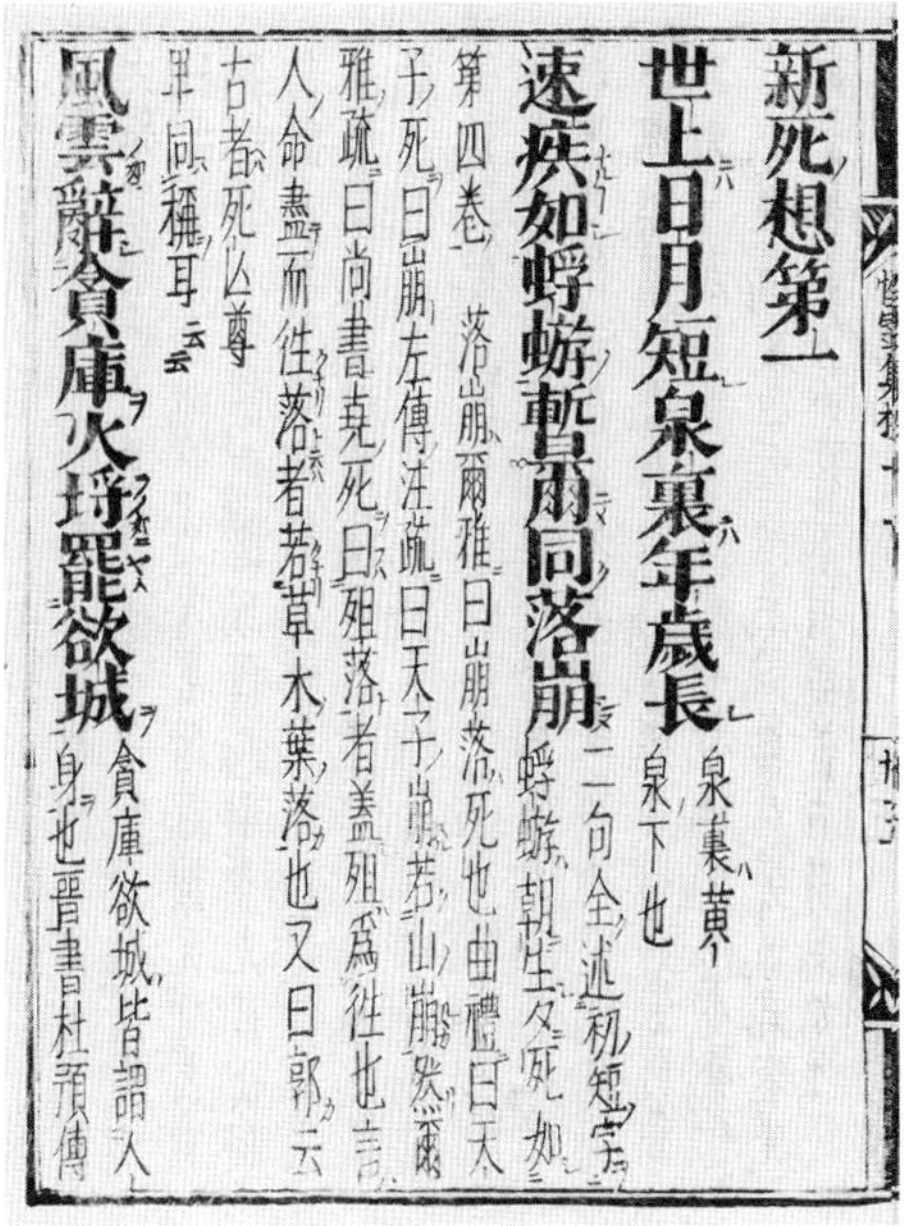
新死想第一
世上日月短泉裏年歳長　泉裏黄泉下也
速疾如蜉蝣暫時同落崩

図15　『遍照発揮性霊集補闕鈔』巻第十

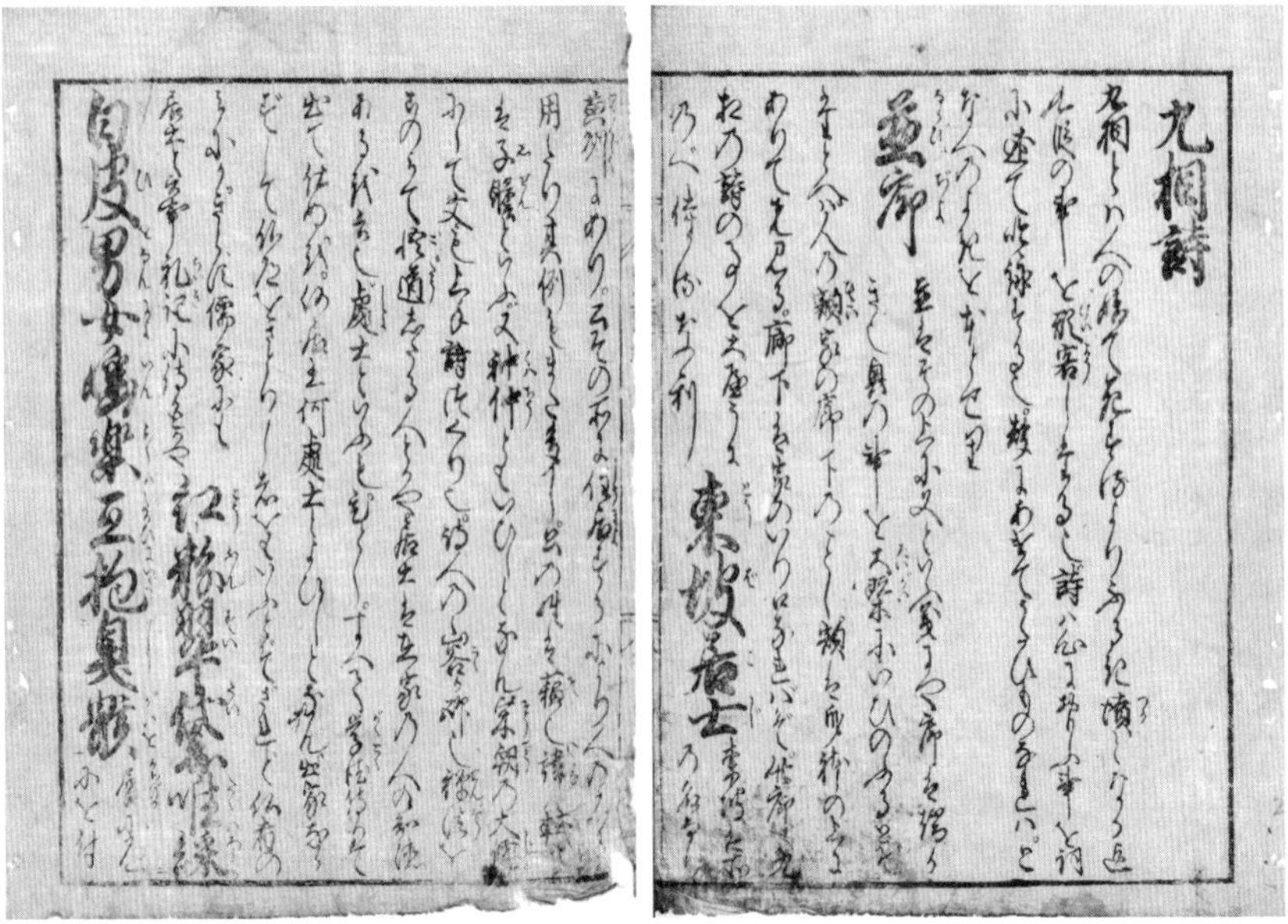

図16　『九想詩歌』

「一 縫脹、二 青瘀、三 壊、四 血塗漫、五 膿爛、六 虫噉、七 散、八 骨、九 焼」などの異称が詳細に列挙されている。

他方、版本刊行後には、『九相詩』の解説書も出版された。しかも、「女文字」平仮名で書かれた、啓蒙的な『九想詩歌』（巻末題は『東坡《とうば》九相詩抄』、貞享二年（一六八五）刊）と題する一本である（図16）。

九相とは人の始て死するより、ふるき墳《つか》となる迄、九段の事を形容《けいよう》したる也。詩は心におもふ事を詞に述て吟詠する也。声にあげてうたひ［ママ］ものなれば、となへのよきを本とせり。

という解説に始まり、「序」の最初「紅粉翠黛唯綵白皮《こうふんすいたいたゞいろどるはくひを》男女淫楽互抱臭骸《なんによいんらくはたがひにいだくしうがいを》」について、

唇にべにを付、額にまゆずみをぬりて粧《よそふ》はたゞ面の

かわをいろどりて、男女ともに色にまよふといへど、本来此身はにほひうるさき骸骨也。

といった解説を加えて、全編に及ぶ。

さらに元禄七年（一六九四）には、漢字カタカナ交じりで詳細な註釈を施した『九想詩諺解《げんかい》』二巻二冊が出版された（図17）。「諺解」とは、「諺」すなわち諺文《おんもん》（ハングル）を用いて著された啓蒙的な注釈という意味で、たとえば『論語諺解』など朝鮮の啓蒙的な古典注釈書に使用された語であるが、江戸時代の著述家もそれに倣《なら》って、日本の諺文ともいうべき仮名の注釈書の題号にしばしば使用するようになった。著名な書には、『古文真宝《こぶんしんぽう》前（後）集諺解大成』▲、『徒然草諺解』などがあり、いずれもカタカナあるいはひらがなを交えた啓蒙的な注釈書である。『九想詩諺解』も「諺解」の名のとおり、『九相詩』の漢詩に、

此詩ハ東坡ノ作ル所也。九想トハ人死シテ其骸腐滅《そのかばねくちめつ》スルニ及ブニ八段ノ変アリ。其《それ》ニ初ノ死想ヲ加ヘテ九段也。想ハ観ズル義也。

のように、漢字片仮名交じりで注釈を施《ほどこ》した書である。「諺解」とは「童蒙ニ便

「相」と「想」　「「想」は観念であり「相」は実相である。したがって絵画に具現する九想は「九相」とするのが妥当と思われる」（中村渓男「九相詩絵巻の成立」『日本絵巻大成』七、一九七七年、中央公論社刊）。

『古文真宝』　漢代から宋代までの詩文を収めた書物。宋末か元初の時期に成立。黄堅の編と伝えられる。前集に詩、後集に文を収録する。各時代のさまざまな文体の詩文を収め、簡便に学習することができたため、初学者必読の書とされてきた。日本には室町時代のはじめごろに伝来し、五山の学僧たちの間に広まり、江戸時代には本文、注釈書が多く出版された。国文学研究資料館は、林望氏蒐集の『古文真宝』の版本約五百点を所蔵している。

セン為ナリ」（本書「序」）、すなわち初学者に供する難解な漢文に対する注釈なので、各相二首ずつの誰にでも読める平仮名の和歌には、「歌二首ノ義明也。仍《よつ》テ注スルニ不及《およばず》」として、注は付けない。

そしてこの『諺解』刊行の百十六年後の文化七年（一八一〇）には、『諺解』の漢字片仮名交じり表記を平仮名表記に替えた、より通俗的な書『九想詩絵抄』が出現した（図18）。その「序」に目を向けると、

九想の詩、是《これ》にして老若世に弄《もてあそぶ》こと久し。然《しかれ》ども此詩句童蒙の解《げし》がたきに似たり。故《かるがゆへ》に其意《そのこころ》を画《えが》き、国字《ひらかな》をもつて両点を加へ、且《かつ》備細《くはしく》註釈をなし、九想詩絵抄と題号をなすことしかり。

とあって、いかにも「九想詩」を平仮名で一段と易しく説いた啓蒙書の出現を思わせるが、実はこの「序」の前半部は、左のように『諺解』漢文序の訓《よ》み下《くだ》しであり、

九想詩諺解序

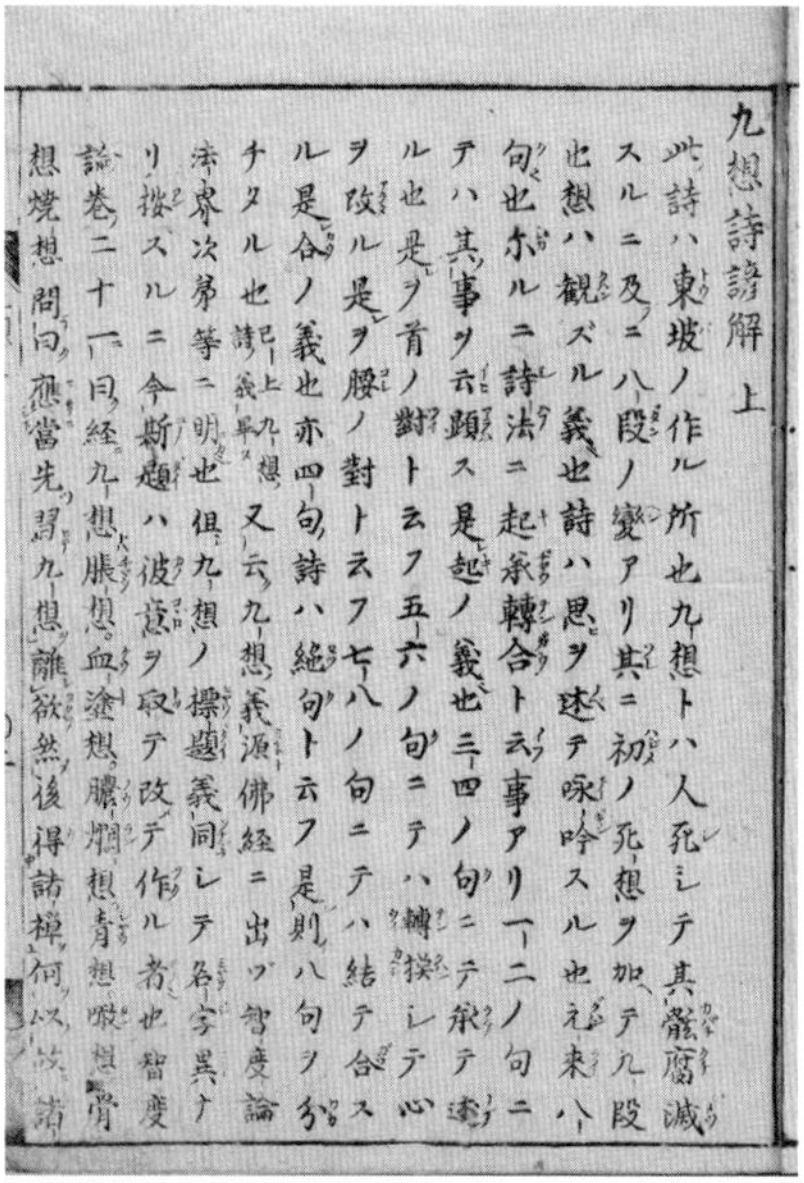
九想詩諺解 上
此詩ハ東坡ノ作ル所也九想トハ人死シテ其骸腐滅
スルニ及ニ八段ノ變アリ其ニ初ノ死想ヲ加ヘテ九段
也想ハ觀ズル義也詩ハ思ヲ述テ咏吟スル也元来八
句也尓ルニ詩法ニ起承轉合ト云事アリ一二ノ句ニ
テハ其事ヲ云顯ス是起ノ義也三四ノ句ニテ承テ述
ル也是ヲ首ノ對ト云フ五六ノ句ニテハ轉換シテ心
ヲ改ル是ヲ腰ノ對ト云フ七八ノ句ニテハ結テ合ス
ル是合ノ義也亦四句ノ詩ハ絶句ト云フ是則八句ヲ分
チタル也已上九想ノ詩ノ義畢又云九想ノ義源佛經ニ出ヅ智度論
法界次第等ニ明也但九想ノ標題義同シテ名字異ナ
リ撰スルニ今斯題ハ彼意ヲ取テ改テ作ル者也智度
論巻二十一曰經九想脹想血塗想膿爛想青想噉想骨
想焼想問曰應當先習九想離欲然後得諸禅何以故諸

図17 『九想詩諺解』

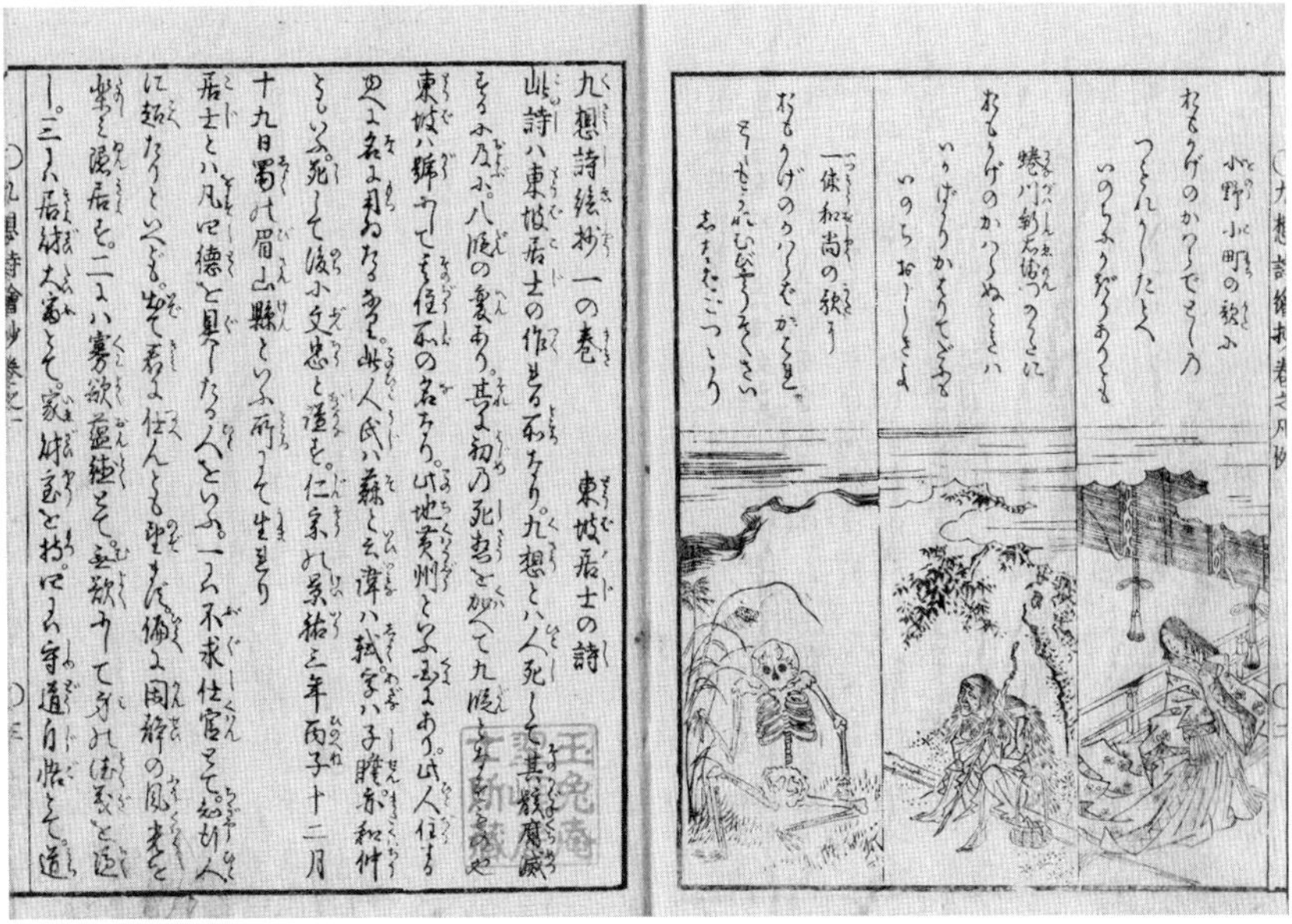

図18　『九想詩絵抄』

夫人不達乎如空　奈有執　何哉　故吾仏導先以二種
観法　所謂無常観不浄観
（『諺解』）

九想詩絵抄序
夫人如空《それひとによくう》に達《たつせ》ずんば有執《ゆうしふ》をいかんぞや。故《かるがゆへ》に吾仏
導くに先《まづ》二種の観法を以《もつて》したまふ。所謂《いわゆる》無常観不浄
観なり。
（『絵抄』）

注釈のほとんどは『諺解』の注釈を平仮名に置き換えたにすぎない。今日なら剽窃本《ひょうせつぼん》と指弾されるようなしろものである。たとえば最初の詩句「男女淫楽互抱臭骸」の注が、

是則男女愛着ノ躰《てい》ヲイフ也。互トハ男ハ女ヲ抱、女ハ男ヲ抱也。臭骸ハクサキ骸也。是則人身ノ実体ヲ云フ也。
（『諺解』）

是則男女の愛着の躰をいふなり。互とは男は女を抱き女は男をいだくなり。臭骸は臭き骸《むくろ》也。是則人身の実躰をいふ也。

（『絵抄』）

となっているように。

しかし、我が国前近代における片仮名と平仮名との間にあった文字としての知的格差、すなわち片仮名は仮名とはいえ学問の文字、対して平仮名は「女文字」とよばれた婦《ふ》女童蒙《じょどうもう》の文字、という文字環境を考えれば、先に挙げた『九相詩歌』とともに、平仮名注釈本『絵抄』の出現は無意味であったわけではない。内容はまったく同じであったとしても、用いられる仮名の違いによって、書物を手に取る階層が違うのだ。国文学研究資料館の「日本古典籍総合目録データベース」によれば、『九相詩歌』の伝本はわずか三本であり、『絵抄』の伝本も『諺解』に較べて少ない。しかしこれはひらがなの『九相詩歌』や『絵抄』が世に迎えられなかったということを意味するものではあるまい。他の多くの通俗書がそうであったように、『絵抄』も少なからず世に出たが、通俗書ゆえに大切にされず消費されてしまったのであろう。通俗書は学術書や稀覯本の収集に意を用いるとする図書館、文庫に収納されることは少ないのである。

キリシタン版　十六世紀末から十七世紀初頭にかけてイエズス会によって刊行された書物。ローマ字活字、漢字・仮名の活字によるものがある。イエズス会司祭のヴァリニャーノが、同会の事業として計画し、五十点以上の出版物が刊行された。東アジアではじめて西洋の印刷技術によって印行された、印刷史上重要な意味を持つ刊行物であり、ローマ字で表記された日本語は、当時の日本語の発音を知る上で貴重な資料となっている。「耶蘇会版」、「吉利支丹版」とも。日本では天理図書館に多く所蔵されている。

ロドリゲス　João Rodriguez. ポルトガルのイエズス会宣教師・語学者（一五六一—一六三四）。天正五年（一五七七）頃来日し、慶長十八年（一六一三）まで日本に滞在、通訳として活躍。『日本大文典』『日本小文典』のほかに『日本教会史』の著作がある。

『日葡辞書』 一六〇三年から四年にかけて、長崎で刊行された。原題は『ポルトガル語の説明を付したる日本語辞書（VOCABVLARIO DA LINGOA DE IAPAM com adeclaração em Portugues)』。『邦訳 日葡辞書』（岩波書店、一九八〇年）がある。原本は、オックスフォード大学ボードリアン図書館蔵本の影印（一九六〇年岩波書店刊、二〇一三年勉誠出版刊）などで見ることができる。後者は原寸、カラー影印本。

『日本大文典』 キリシタン宣教師の日本語学習のために編集された日本語学書。日本語の文法や慣用句をポルトガル語で解説。慶長年刊に長崎で刊行された。室町時代後期から江戸初期にかけての口語から詩歌語（古典語）までを含む総合的な日本語学書。土井忠生による日本語訳がある（三省堂、一九五五年）。

『九相詩』とキリシタン

解説書をとりあげて江戸時代における『九相詩』の広がりを見てきたが、江戸時代以前においてもその普及は相当のものであったと考えられる。そのことを教えてくれる、意外な資料がある。仏教とは相容《あいい》れないキリシタンの出版物である。

十六世紀、キリスト教の宣教師たちが渡来して布教を行った際、「九相詩」はかなり重視された形跡がある。ロドリゲスという宣教師兼語学者が、宣教するためには日本語を学ばなければならない、そのためには辞書を作らなければいけないということで、『日葡《にっぽ》辞書』という日本語／ポルトガル語の辞書を作る。同時に文法書として『日本大文典』という大冊も著した。

ロドリゲスは大変有能な語学者で、『日本大文典』は文法で単に言葉の活用だけを教えるような無味乾燥なことはせず、日本文化の性格を述べながら、言葉や文法について説明していくという名著である。そのなかに「日本の詩歌に就いて」という章があって、日本の詩歌には和歌と漢詩があると紹介し、「支那の韻文」、すなわち漢詩、その漢詩の代表例として挙げたのが、「九相詩」だった。ロドリゲスは「九相詩」を「Cuzoxi（クゾウシ）」と表記しているが、当時は「クソウシ」ではなく「クゾウシ」と濁って読まれていたのだろう。

『大文典』に引用されている『九相詩』を見よう。最初の句「平生の顔色病中に衰ふ」、以下、すべてローマ字の読み下しで、これは最初に紹介した『九相詩』の「第一新死相」に付された詩（図6参照）。

Fŏtai nemuruga gotoxi, xinxino sugata.（芳体眠るが如し、新死の姿）。
Von ay mucaxino tomo, todomatte nauo ari.（恩愛、昔の朋、留まって猶在り）。
Fiyŏ xequicon: satte idzucunica yuku（飛揚の夕魂《せきこん》、去って何《いづく》にか之《ゆ》く）。

このように、ロドリゲスが漢文の例として、杜甫《とほ》▲でも李白《りはく》▲でもなければ、また平安朝以来日本人の愛好した白楽天《はくらくてん》▲でもなく、「九相詩」を漢詩の代表として挙げたのは、キリスト教の「メメント・モリ（死を想え）」に通じる思想をそこに見出したからではなかったか。キリスト教の布教という観点からは、李白や杜甫、あるいは白楽天のような華やかな詩ではなく、人間の死をテーマとした暗い『九相詩』がふさわしいと考えられたのであろう。

キリシタン版『倭漢朗詠集』

キリシタン版における『九相詩』の利用はそれだけではなかった。日本におけ

杜甫　中国盛唐の詩人（七一二—七〇年）。字は子美《しび》。李白と並ぶ中国詩歌史上最高の詩人で後世「詩聖」と評された。「国破れて山河在り 城春にして草木深し」（「春望」）の作者。

李白　中国盛唐の詩人（七〇一—六二年）。字は太白《たいはく》。中国詩歌史上において、同時代の杜甫とともに最高の詩人。「詩聖」杜甫に対して、「詩仙」と称された。「牀前《しようぜん》月光を看《み》る 疑うらくは是《これ》地上の霜かと」（「静夜思」）や「白髪三千丈 愁いに縁《よ》りて箇《か》くのごとく長し」（「秋浦の歌」）の詩が有名。

白楽天　白居易《はつきよい》（七七二—八四六年）。中唐の詩人。楽天は字。その詩集は『白氏文集《はくしぶんしゆう》』（従来「はくしもんじゅう」と訓み慣わされてきたが、近時の研究では「はくしぶんしゅう」と訓むのが本来の訓みかたとされる）で、平安時代中期、仁明天皇の代に日本にもたらされ、菅原道真など多くの漢詩人に影響を与え、紫式部は中宮彰子にそれを教授し、

るキリスト教の布教を担ったイエズス会は、西欧の印刷技術を持ち込み、布教のための教義書や日本語学習のための日本語テキストの出版を行った。

今日、キリシタン版とよばれる一群の活字印刷本である。その出版は二つの方法で行われた。一つは、前述の『日本大文典』の『九相詩』引用のように、日本語の文章をローマ字で表記する方法。有名な『天草版平家物語』もそれである。もう一つは、日本語をそのまま漢字やひらがなの活字で印刷する方法。その代表としては『太平記抜書』が知られるが、そのほかに慶長五年（一六〇〇）に出版された『倭漢朗詠集』もある。それは平安時代の『源氏物語』と同じ時代に藤原公任《きんとう》が編纂した、和歌と漢詩とを交互に載せたアンソロジーのキリシタン版である（図19）。これはキリシタン版の収集で名高い天理図書館にもなく、スペインの王宮文庫にしか現存しないという天下の孤本、京都大学国語国文学研究室が刊行した写真複製で見ることができる。

本来の『倭（和）漢朗詠集』は上下二巻である。しかし、キリシタン版として出版されたのは、どういうわけか上巻のみ。しかも上巻もすべてではなく、巻末の「仏名《ぶつみょう》」の項はなく、その前の「霰《あられ》」で終わっている。年末の仏教行事である「仏名」が省略されたのは、キリシタン版として当然の対策かもしれない。そして、その後に続くのが「九相歌幷序」、すなわち『九相詩』の漢文序の平仮名読

また『源氏物語』にもその詩句を多く引用している。中でも唐の玄宗皇帝と楊貴妃の悲恋を綴った「長恨歌」は有名で、『源氏物語』桐壺巻の帝と桐壺更衣の物語は、「長恨歌」の翻案といっても過言ではない。

イエズス会　カトリック教会の修道会。一五三四年にイグナチオ・デ・ロヨラやフランシスコ・ザビエルらによって創設され、世界各地への宣教に努め、日本に初めてキリスト教をもたらした。

『天草版平家物語』　一五九二年、天草で刊行されたローマ字表記のキリシタン版。編者は日本人修道士不干《ふかん》ハビアン。宣教師の命により日本語ならびに日本の歴史の学習用に新たに編纂された『平家物語』で、右馬《うま》之允《のじょう》の求めに応じながら喜一検校《きいちけんぎょう》が当時の口語で語るという問答形式でその内容を要約している。

『太平記抜書』『太平記』四十巻を六巻六冊に編集したもので、キリスト教的立場から仏教や神道等に関する箇所を省略するなど、独自のキリシタン文学と言える側面がある。出版地は長崎と推定される平仮名漢字交じりの活字版。「天理図書館善本叢書」で影印が刊行されている。

み下しと十八首の和歌なのだった（図20）。

「序」はおおむね版本の読み下しに一致するものの、その最後の「況於釈氏平（いわんや釈氏においてをや）」の箇所のみは、キリシタン版では「況んや聖賢の人に於いてをや」（原漢文）と、仏教徒を意味する「釈氏」という語が「聖賢の人」に置き換えられている。これは『朗詠集』の部立から「仏名」を除いたのと同じキリシタン的処置だと考えられる。

キリシタン版の九相歌は、大体において版本『九相詩』の和歌と重なるが、一部、歌の順序の違いや、語句の違い、たとえば版本十七首目「古墳相」の、

鳥へ山《鳥辺山》すてにし人のあと丶へは塚にはのこる露の
こんはく《魂魄》

が、キリシタン版では、

立のほる煙かすゐはきえはて丶つかにはのこる露の
身そうき

図19　キリシタン版『倭漢朗詠集』（京都大学国語学国文学研究室刊の影印による）

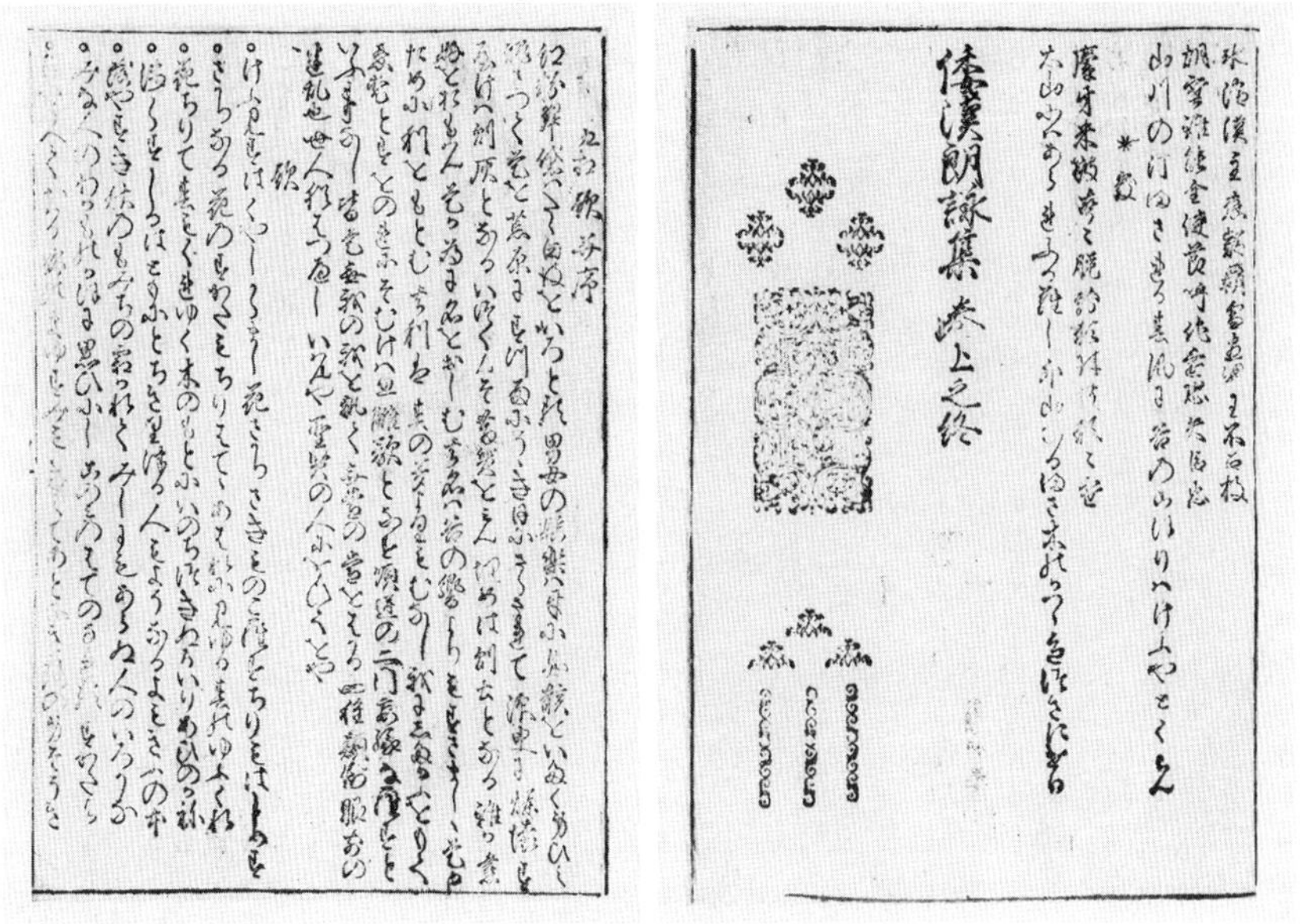

図20　キリシタン版『倭漢朗詠集』巻末の「九相歌幷序」（同）

となっているといった異同のほかに、版本十六番目の歌、

我おもふ身はみな野辺にちりはてゝあさち《浅茅》かもとの
ちり《塵》と成けり

がキリシタン版にはないという違いがある。

版本『九相詩』にない歌

しかし、それらにもまして興味深いのは、十八首の和歌の冒頭、版本『九相詩』最初の和歌の前に、

けふ《今日》見す《ず》はく《悔》やしからまし花さかり《盛》さきものこ《残》らす
ちりもはし《始》めす

という一首が記されていることである。この歌は版本以降の『九相詩』のどれにも見られない歌であると同時に、「新死」を詠むことから始まる「九相」の和歌として不

似合いな歌だからだ。「新死」の歌が「盛りなる花のすがたも散りはてて」、「花も散り春も暮れゆく」と、死を連想させる「落花」の歌であるのに対し、この一首は「花盛り」の歌で、そこに「死」のイメージはない。なぜこのような歌がキリシタン版の「九相歌」の冒頭に配されているのか。

キリシタン版『倭漢朗詠集』複製の解題で、編者の土井忠生は、

ただ最初の

けふ見すはくやしからまし花さかりさきものこらすちりもはしめす

は、人間の生死には関係がなく、九相歌には入らない。この歌は謡曲の鞍馬天狗や小塩、また藻屑物語にも引用されて居り、当時の人々には知られてゐたもののやうであつて、ロドリゲスの日本大文典にも見える。謡曲拾葉抄には、定頼の作と注するが、出典はわからない。その歌をここに置いたのは、この版本編者の仕業であつて、その次に収められた第一新死相の歌が「花のすがたも散りはてて」といふのに始まるので、花盛りの歌を、それへの橋渡しに使つたのであらうか。

と述べて、この一首の採択を、キリシタン版編者の作為ではないかと推定してい

る。

だが、はたしてそれは、土井氏が推定するような、キリシタン版『倭漢朗詠集』の「編者の仕業」だったのだろうか。他にも「咲きものこらず散りもはじめず」といった満開の歌、人生でいえば盛りなる生前の歌を含む九相歌があれば、その推定は崩れるであろう。そして、実際にそのような例が報告されているのであった。

それは京都大学国語国文学研究室編の『むろまちものがたり』第三巻（二〇〇六年、臨川書店刊）に収められた京都大学蔵『天竺物語』（翻字・解題、本井牧子）である。『天竺物語』とは、多くは『阿弥陀の本地』の名で知られる、阿弥陀三尊の本地を語る、「本地物」と呼ばれる室町時代物語の一異本である。その内容はともかく、京都大学蔵本の巻末には、「くさう《［九相］》のし《［詩］》のうた」と題して、二十首が付記されている（図21）、その二首めに、

あれをみよ今こそ花のさかりなれ　さ《［咲］》きものこらず
ち《［散］》りもはじめず

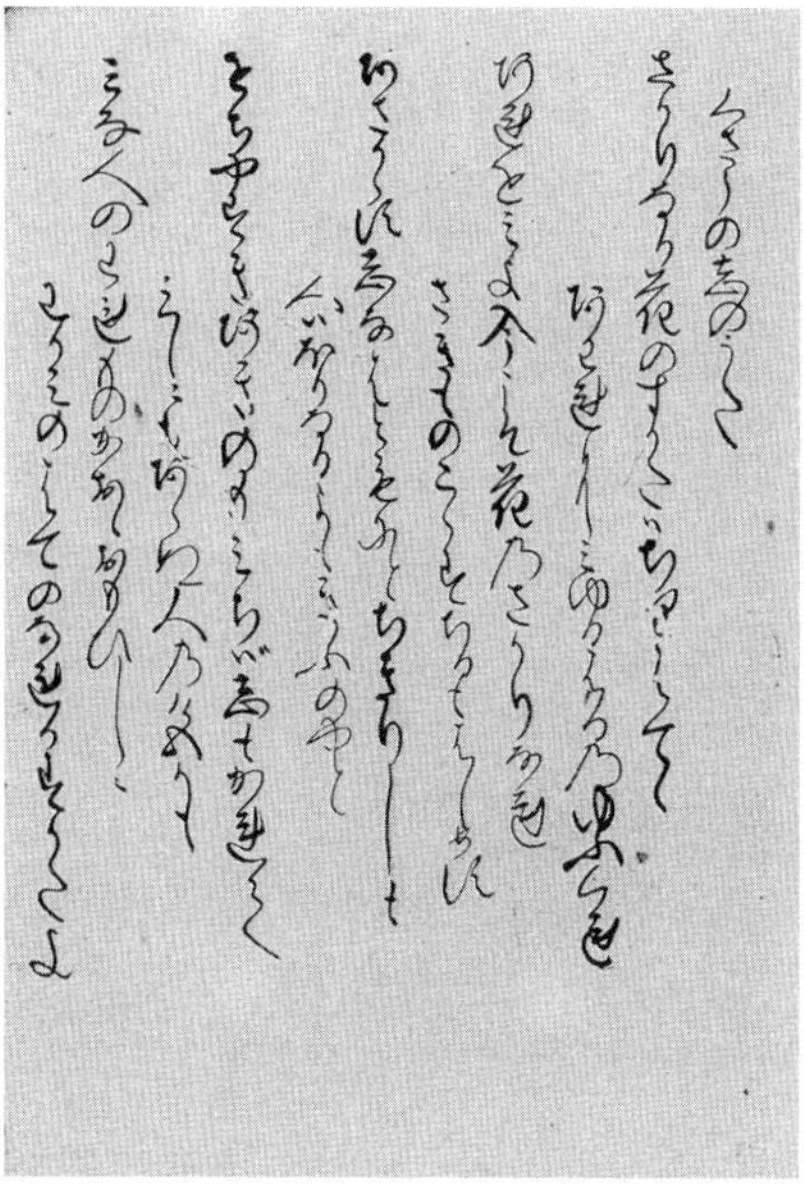
図21　『天竺物語』付載「九相詩和歌」

という一首が見出される。上の句こそキリシタン版『朗詠集』の「けふ見ずはくやしからまし花ざかり」とは異なっているが、下の句「さきものこらずちりもはじめず」は全く同じであり、異伝歌と見なしてよいであろう。『天竺物語』付載の「九相詩和歌」にも、死後の九相に加えて、生前相の一首が含まれていたということになる。つまり生前相の歌をもつのは、キリシタン版『朗詠集』の「九相歌」だけではなかったのだ。ということは、キリシタン版「九相歌」の冒頭歌は、土井氏が推定したようなキリシタン版編者の「仕業」というよりは、その当時の「九相歌」のひとつの姿であったと考えることもできるのではないか。そして、そのような「生前相」の歌のみならず、絵をも伴った「九相図」が描かれていたかもしれない。そして、それは実際にあった。

奈良絵風『九相詩』

それは『東坡居士九相詩』と題する十丁の、破損を蒙ったみすぼらしい小冊子（縦二一・二×横一五・五センチメートル）、作られたのは室町時代末か江戸のごく初期か。その絵は、多く伝わる九相図が生々しくも精密な描き方であるのに対し、稚拙な奈良絵本の挿絵を思わせる素朴さを漂わせているので、以下、奈良絵風

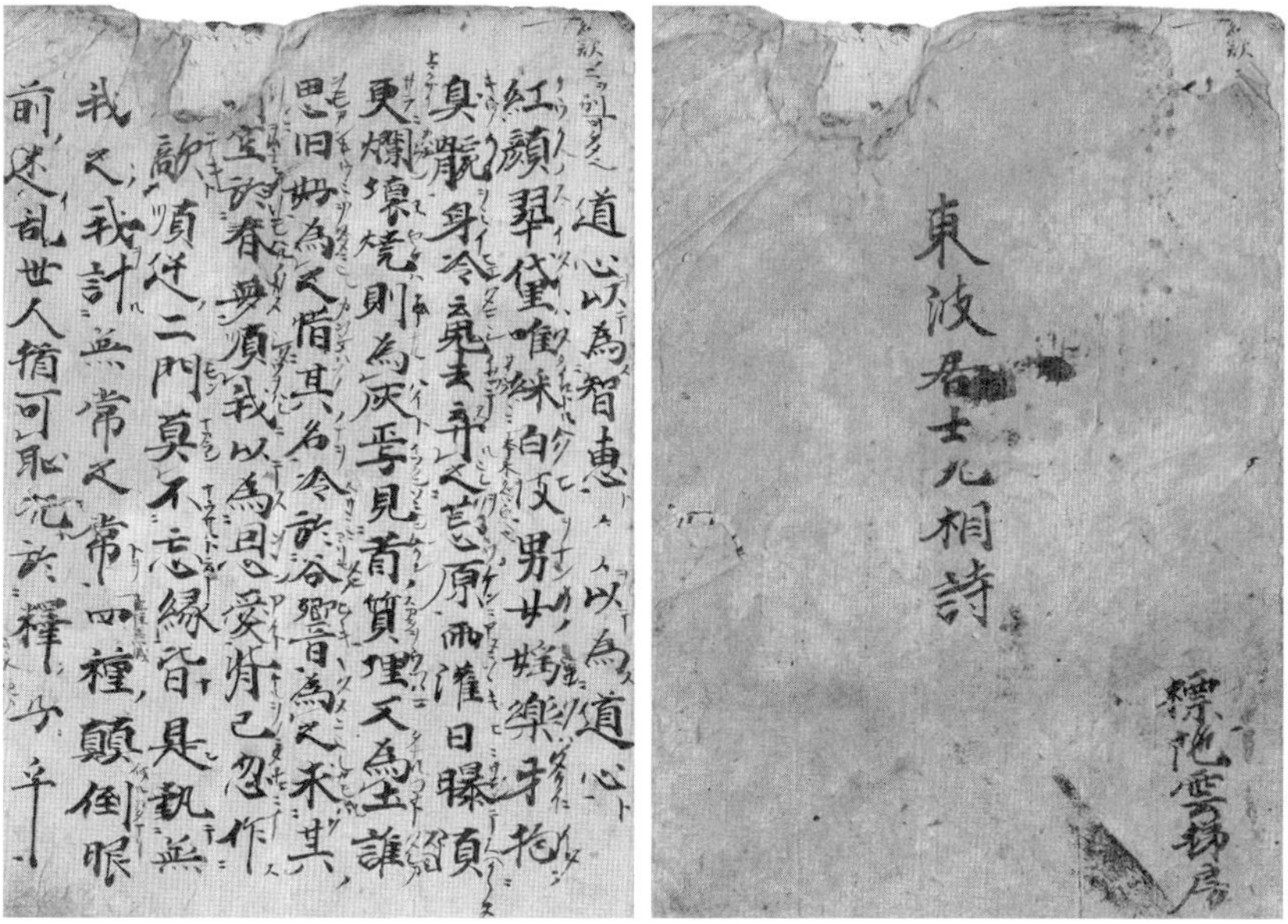

図22　奈良絵風『九相詩』

『九相詩』（図22）と呼ぶことにする。

当然のことながら九相の構成は版本と同じであるが、第八「散骨相」と第九「古墳相」は、この本ではそれぞれ「白骨散相」、「成灰相」となっている。その冒頭第一丁表は、これも版本同様（キリシタン版では漢字平仮名まじりで訓み下されていた）「序」がある。それに次いでは、九相が「新死相」から始められるのが普通である。ところが、この本では満開の桜の木の下で畳に座り桜を見上げるような視線の正装の女性が描かれ、絵の余白に、さきに見た『天竺物語』付載「くさうのしのうた」中の一首と同じ歌、

あれを見よいまこそ花のさかりなれ　さきものこらずちりもはじめず

が、散らし書きされている（図23）。

図23　奈良絵風『九相詩』生前相

「生前相」のある『九相図』

この奈良絵風『九相詩』のような本の出現によって、キリシタン版『朗詠集』付載の「九相歌」もまた、どこかに存在した奈良絵風『九相詩』のような一本から九相の和歌を抜き出したのではないかという可能性は一段と強まるであろう。

版本『九相詩』によって固定化される以前の「九相図」には、本来の『九相詩』には存在しない「生前相」の、絵と歌とを持つ異本があったのではないか。現に最古の「九相図」である『九相図巻』にも、詩歌は添えられていないものの、生前相と見なせる美しい女性の姿が描かれている。新出の奈良絵風『九相詩』は、そのような版本『九相詩』以前の、「生前相」を備えた「九相図」流布の状況が垣間見《かいまみ》られて興味深い。なお先に触れたように、この本で第八図、第九図が、それぞれ版本とは異なる「白骨散相」、「成灰相」となっているのは、現存最古の『九相詩』とされる文亀元年（一五〇一）奥書の『九相詩絵巻』と同じであり、「生前相」が描かれていることと併《あわ》せて本書の古体を窺わせるであろう。この奈良絵風『九相詩』は、現時点では孤本なので、以下に参考までに数図を掲げる（図24～28）。

図24　新死相

図25　噉食相

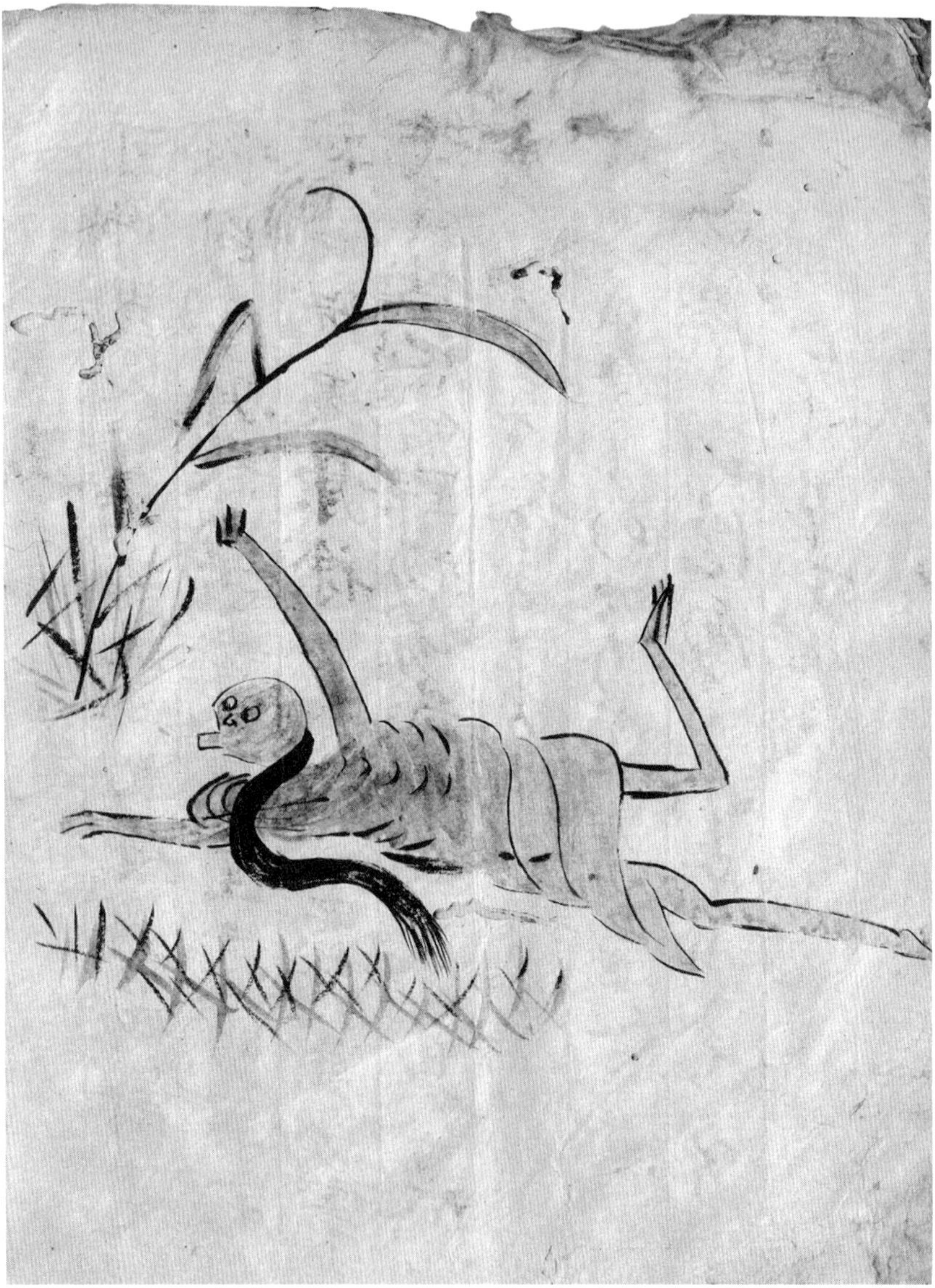

図26　青瘀相

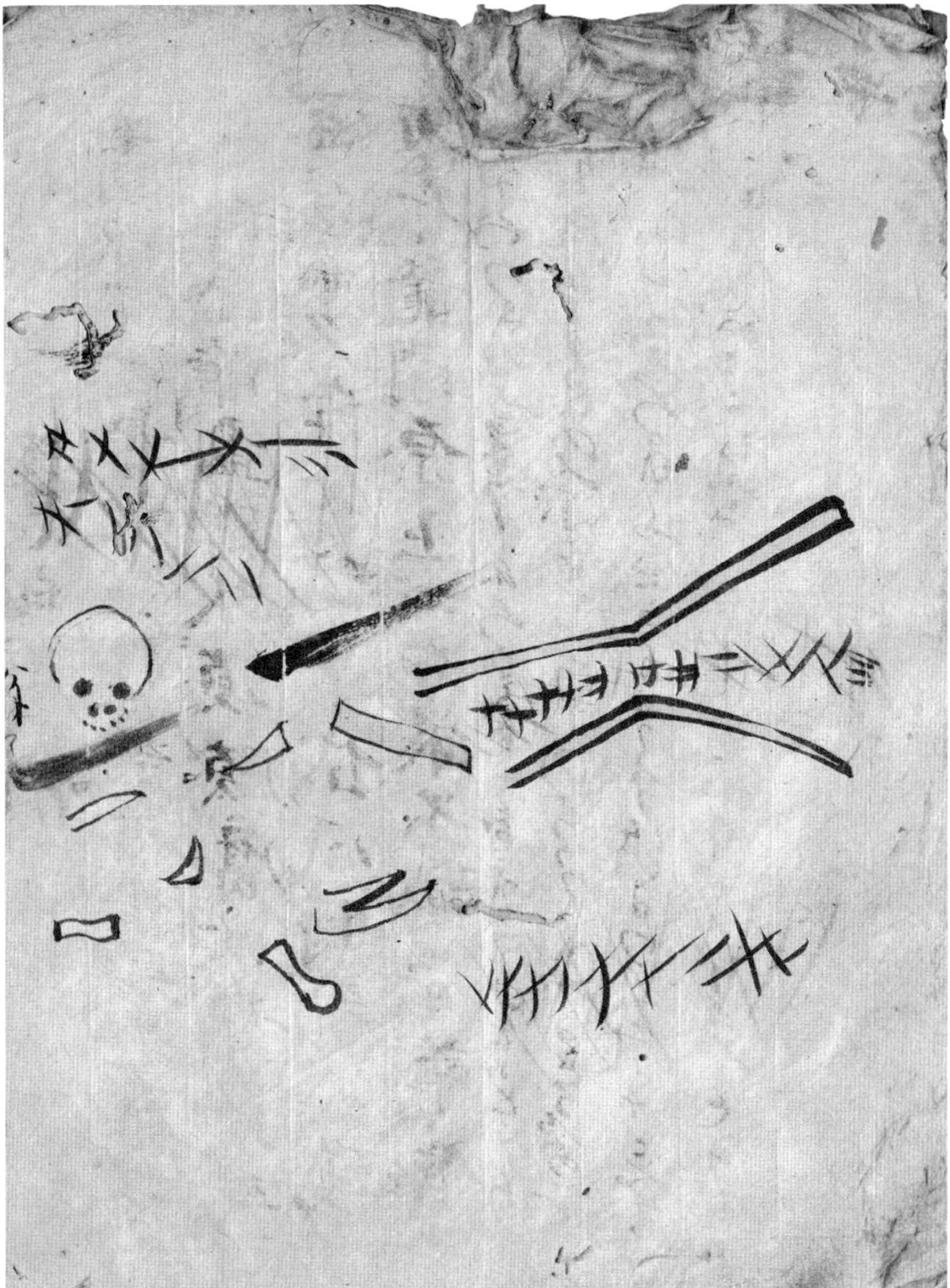

図27　白骨散相

図28　成灰相

図29　元禄５年版『一休骸骨』

四▶『一休骸骨』

宴に興じる骸骨

『九相詩』は、序に「紅粉ノ翠黛ハ唯、白皮ヲ綵《いろど》ル。男女ノ淫楽ハ互ニ臭骸ヲ抱《いだ》ク」とあるように、人は現世でどのような快楽を得ても、死ねば骨となり土灰と成るのだというメッセージを露《あら》わに、かつ筋道だって示した一書であった。

そのような思想を、『九相詩』のように露骨にではなく、ストーリー性を加味した話として読者に訴えようとする作品に、『一休骸骨』がある。これは江戸時代元禄五年（一六九二）の刊記をもつ版本によって広く知られているが（図29）、元禄を遡る慶長の古版と見なされ、今日では稀覯の版本もある（図30）。

『一休骸骨』のストーリーは、世間虚仮《せけんこけ》を思う僧が「故郷を足に任せてうかれ出で、いづくをさすともなく」さすらう道中で、とある三昧原《さんまいはら》（墓地）の傍《かたわ》らの堂に宿ることになった。暁方《あかつきがた》に少

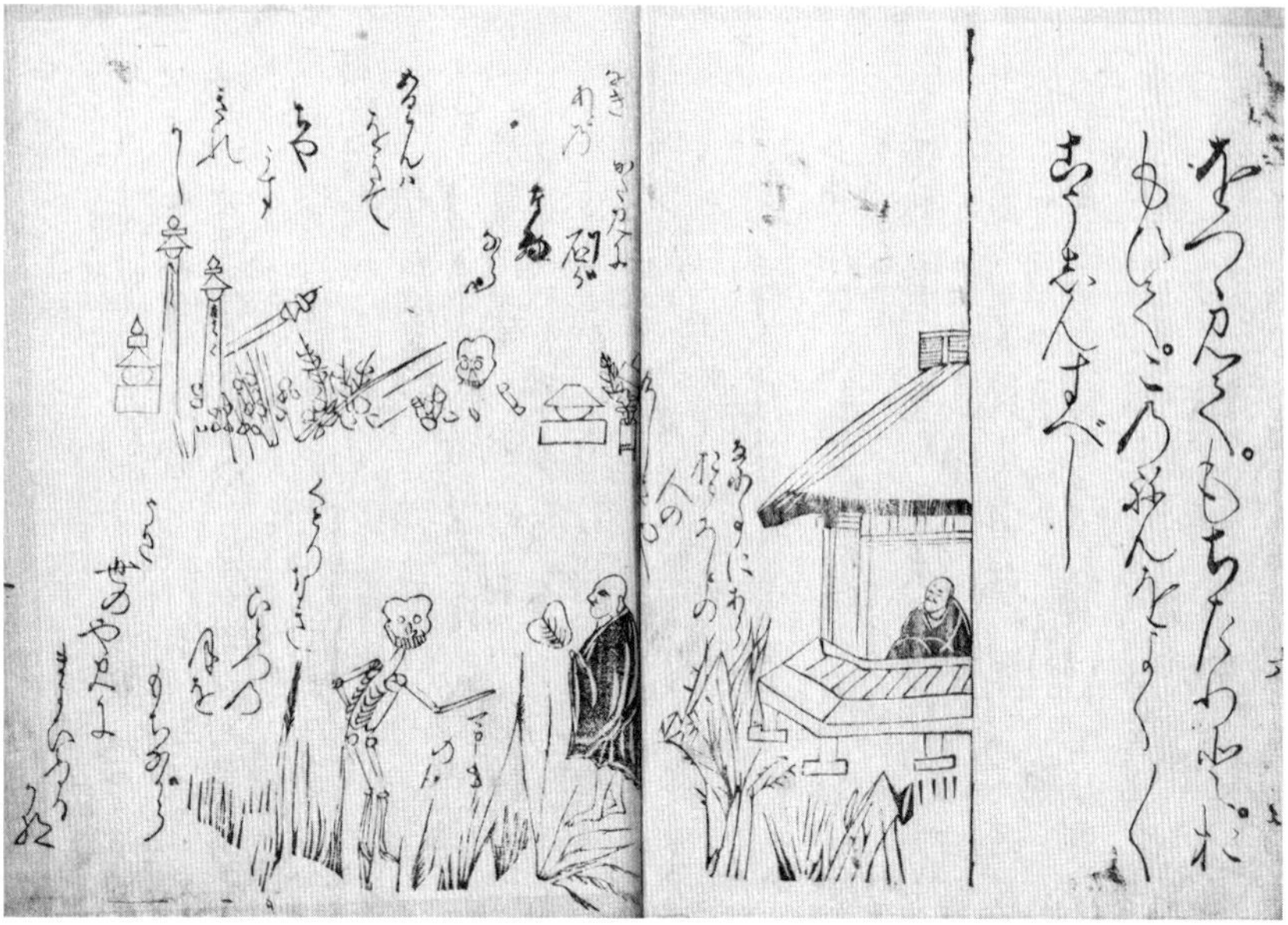

図30　慶長頃刊『一休骸骨』6丁裏7丁表

しまどろんだ夢の中で、堂の裏手に出て見ると、多くの骸骨が各々《おのおの》生きている人間と同じ振舞いをしている。骸骨たちは酒を飲み、踊り、男女抱擁する。笛を吹いて「ひゃうらら、ひゃうらら」、鼓《つづみ》をたたいて「たんぽ、たんぽ」、そして他方では酒を飲み、「ことの外《ほか》え［酔］ひ申し候」、酔っ払ったと言う骸骨がいる。音曲に合わせて「君が代の久しかるべきためしには、かねてぞ植し住吉の松」と謡いながら舞う骸骨も（図31）。そして宴会の次には、男女が抱擁してむつみ合っている図が続く（図32）。

　骸骨ゆえ男女の区別は付けがたいが、「こなたへ寄らせたまえ。いつまでも同じ年まで、永らえたく候え（こちらへいらっしゃい。末永くあなたと同じ年齢まで、生きていたいと思います）」と男の骸骨が言いより、それに女の骸骨が「誠にさておぼしめし候わん（本当にそう思ってくださるのですか）」、「これも同じ心にてこそ候え」と応える。「これも」というのは一人称代名詞で、私もあなたと全

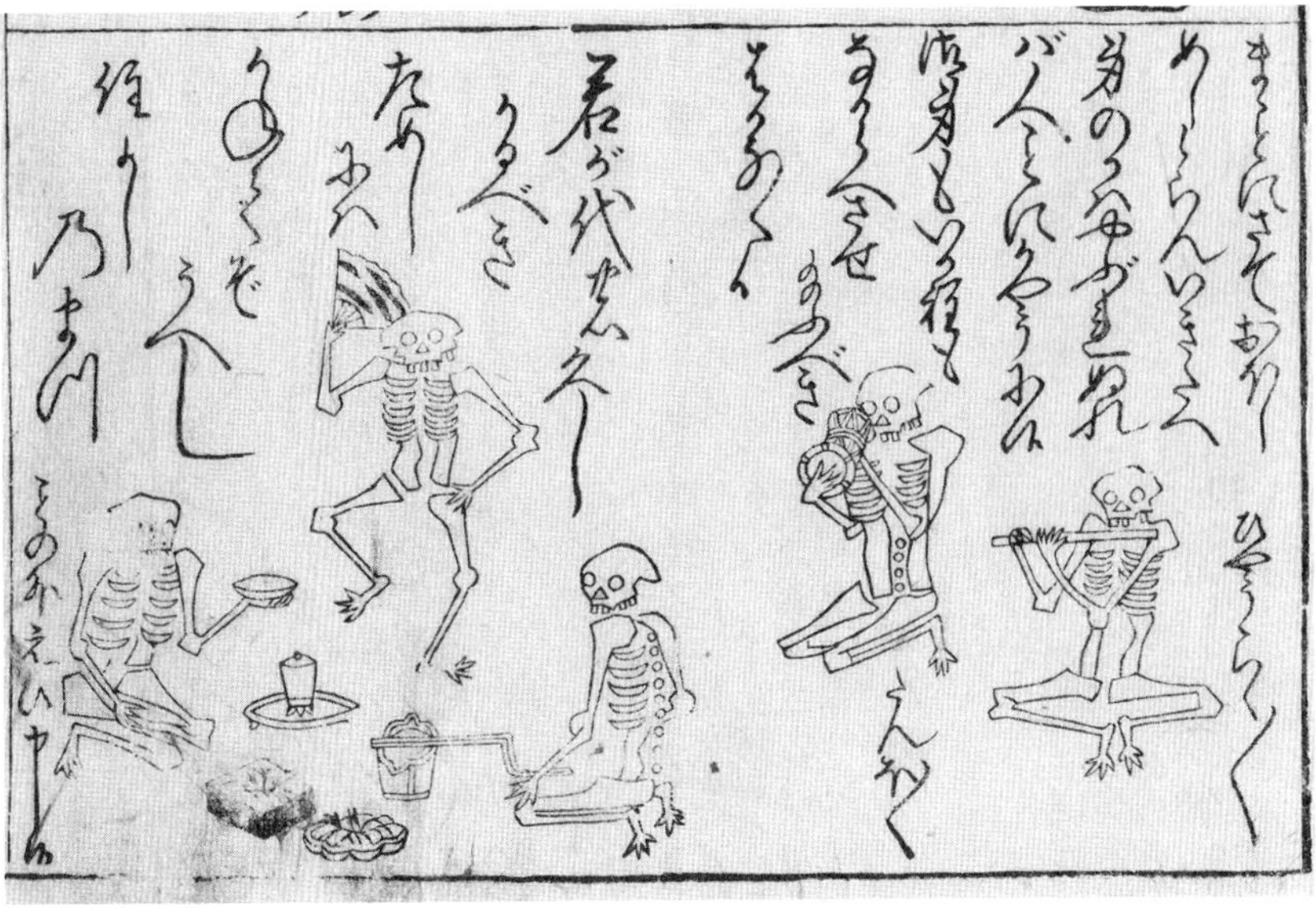

図31　笛を吹き鼓を打ち踊る骸骨

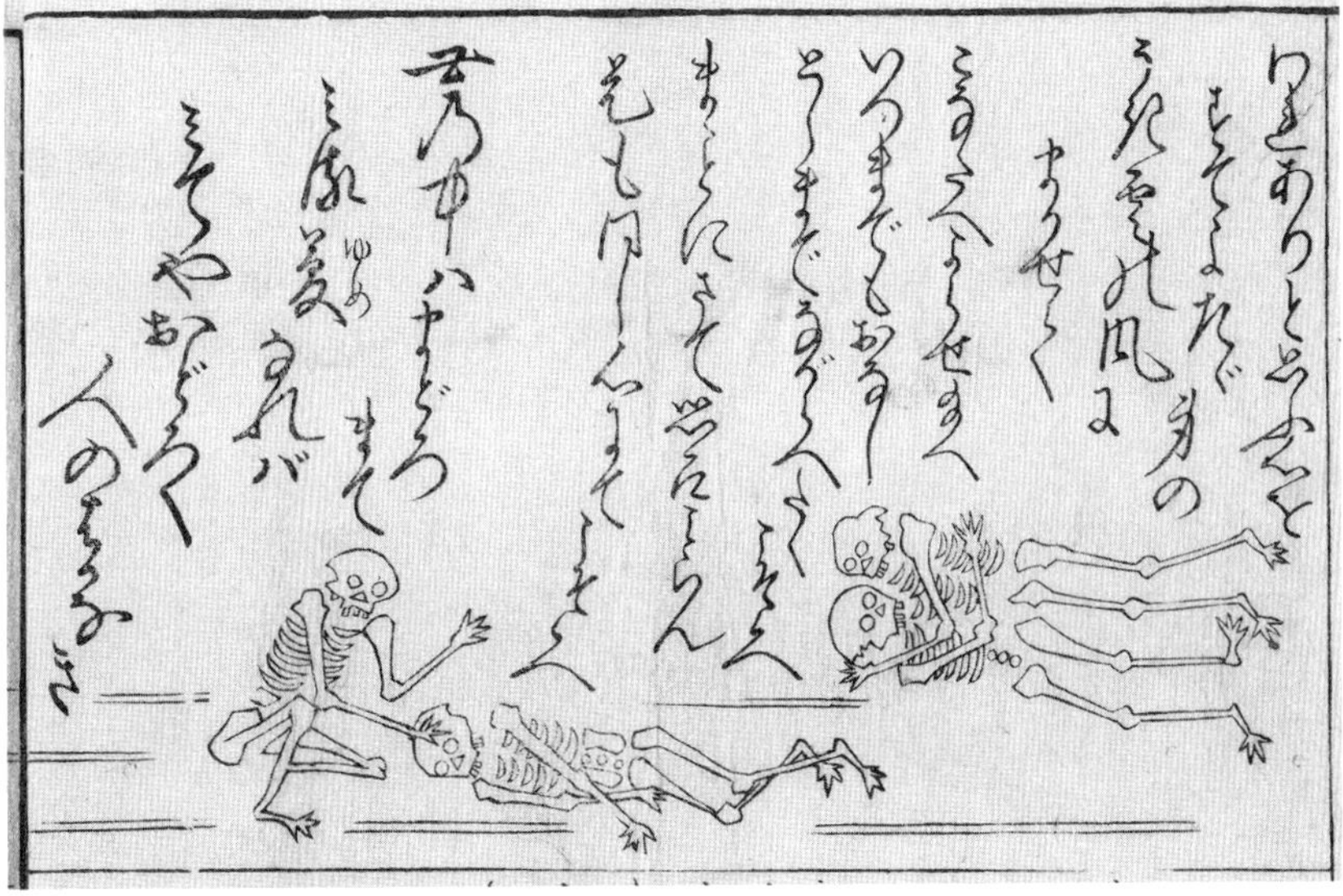

図32　抱擁する骸骨、病に倒れた骸骨

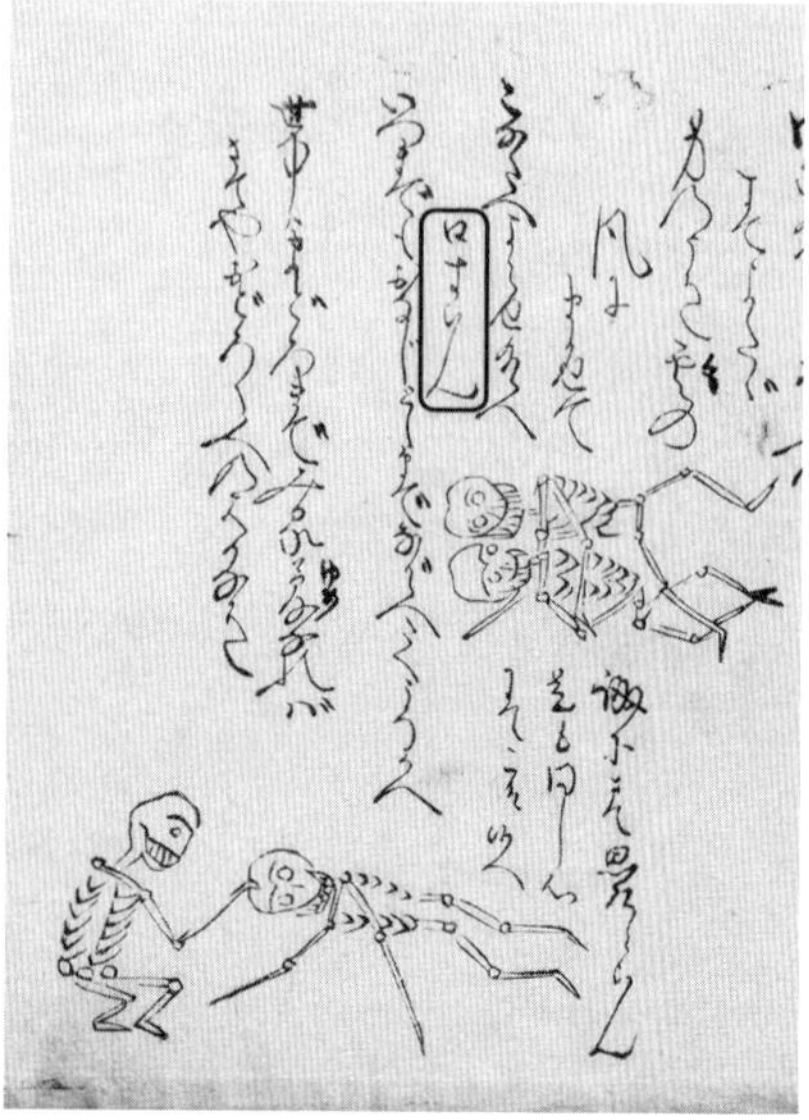

図33　抱擁する骸骨（慶長頃古版本）
枠内に「口すはん」

く同じ心だという意味。慶長古版本には、男の言葉の後に、「口吸わん」、キスをしようという言葉まで添えられている（図33）。

死ぬ骸骨

ところが、男なのか女なのか版本の絵では判別できないが（死ぬのは男であることが、後述する資料によって分かる）、やがて一人が病の床に伏す。骸骨が病気になり、骸骨が世話をしている、「あしもはやひえ申候（足もすっかり冷たくなった）」。そして病の骸骨は死に、担架《たんか》に乗ってて運ばれて行く（図34、35）。死なれた骸骨は菩提《ぼだい》を弔《とむら》うために剃髪《ていはつ》して出家する（図36）。最後は一人で庵《いおり》に。そして棺桶《かんおけ》を運んで、火葬にする、こういうストーリーである。骸骨による葬列を描く場面では、『九相詩』「方乱相」の歌「何とたゞ仮なる色をかざるらむ　かゝるべしとはかねてしらずや」という歌も添えられている。歌い踊り宴《うたげ》に興ずるのはともかく、骸骨が死ぬという発想、さらに骸骨には生えているはずもない髪を剃《そ》るということ、いずれも奇想天外な漫画といっていい趣向である。だが、剃髪の場面に記されている、

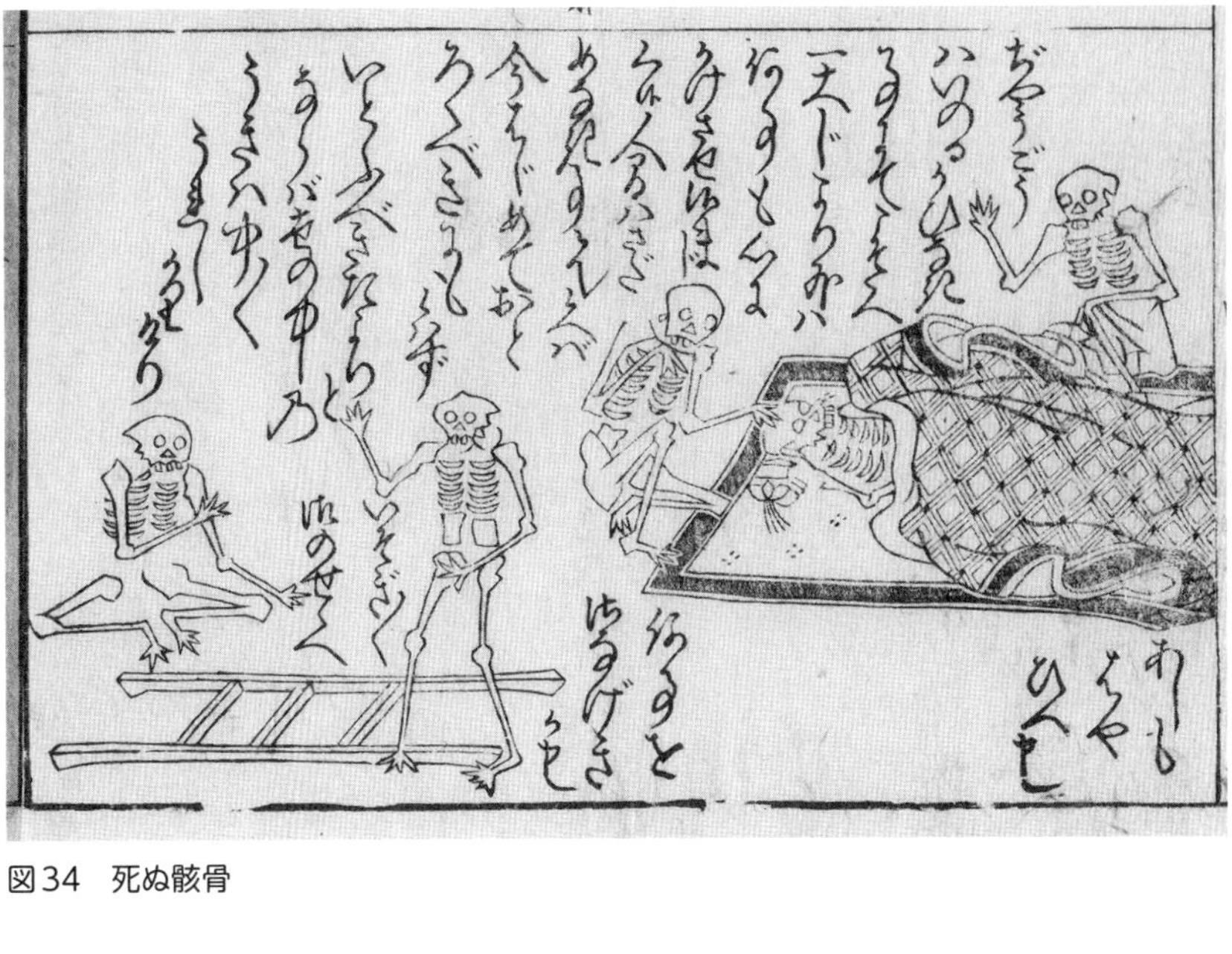

図34　死ぬ骸骨

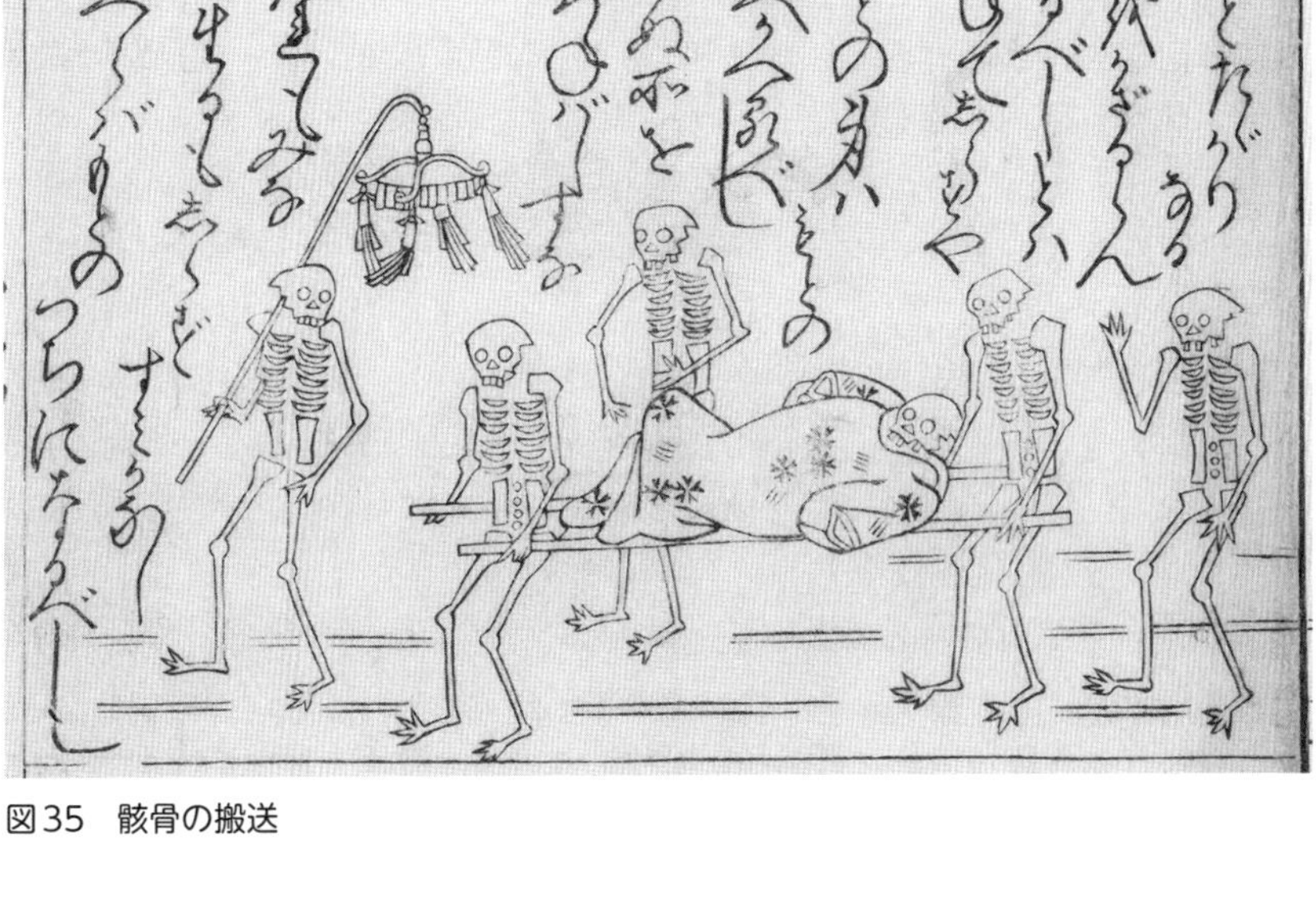

図35　骸骨の搬送

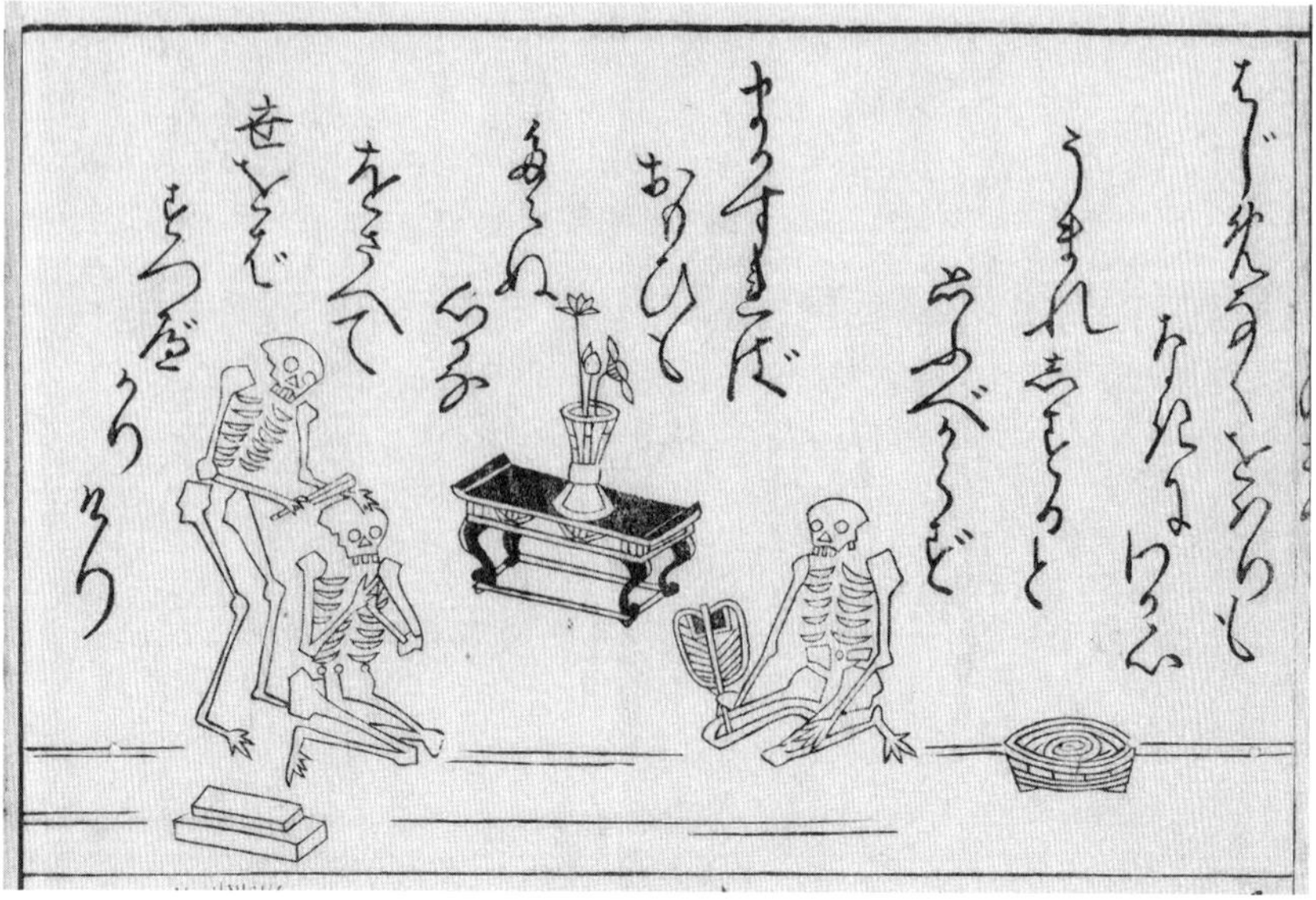

図36　骸骨の出家

> 始めなく終わりもなきに我が心うまれ死すると思ふべからず

という歌に思いを致せば、そこには笑っては済ませられない雰囲気がある。

古来この作品は一休の著作と見なされ、仮名草子『一休ばなし』（寛文八年（一六六八）刊）巻二に挿絵入りで載る有名な話、すなわち、一休が元旦に、墓場から拾ってきた髑髏《しゃれこうべ》を竹の棒の先に付けて洛中の家々に差し出し、「ご用心、ご用心」と触れてまわったという話（図37）とともに、一休と骸骨を結びつける一休伝説の代表というべく、『九相詩』と同じように、江戸時代文芸に大きな影響を及ぼした。

『一休骸骨』の成立

しかし、『一休骸骨』が一休の著作であるかというと、

図37　『一休ばなし』巻二

今日の研究によればそれはほぼ否定されている。版本には「康正三年四月八日　虚堂七世東海前大徳寺一休子宗純」という、一休作を思わせる奥書があり、康正三年は、西暦の一四五七年で、改元して長禄元年に当たる。一休の没年は文明十三年（一四八一）なので、その奥書を信じれば『一休骸骨』と一休との時代は合う。

しかし、一休著作説は、今日でも主張されている。たとえば自らも禅寺での修行の経験をもつ作家水上勉《みずかみ》▲は、その著『一休文芸私抄』（朝日出版社、一九八七年）において

最後に記されているように、康正三年四月八日に、一休宗純が書いた。当人の字で、執筆年月と署名が書かれてあるのだから信じてよいだろう。大勢の研究家も殆ど一休作だとしておられる。

と述べている。

ところが近代になって、版本出版の江戸時代をさかのぼる本の存在が紹介され、その結果、一休作者説は大きく揺らぐことになった。版本以前の『一休骸骨』の

水上勉　福井県出身の作家。少年時代、京都の相国寺塔頭《しょうこくじたっちゅう》で修行。その後、等持院に移る。寺を出た後、小説家を志し、『雁の寺』で直木賞受賞、その後、『飢餓海峡』、『越前竹人形』、『はなれ瞽女おりん』、『五番町夕霧楼』、『金閣炎上』など、旺盛な執筆活動を続けた。大正八年（一九一九）―平成十六年（二〇〇四）。

研究史ならびに新資料の紹介は、恋田知子氏の「説法・法談のヲコ絵──『幻中草打画』の諸本」および「骸骨の物語草子──『幻中草打画』再考」の二つの論文に詳しい。以下、恋田氏の論文によって、そのあらましを述べると、近代の『一休骸骨』研究に一石を投じたのは、岡見正雄による『幻中草打画《げんちゆうそうだが》』という一本の紹介であった。

その内容は、

世の無常を嘆いて行脚《あんぎや》の僧となった主人公が、旅の途中、一夜の宿を借りた三昧原の仏堂で骸骨と語り合うという夢を見て、それを絵に描き、世の無常を衆生《しゆじよう》に説き、菩提心をおこすことを勧めるとする前半と、行脚の比丘尼《びくに》と山中に独居する老比丘尼とが仏道に関する問答をおこなう後半の、大きく二つからなる。

その前半は、版本『一休骸骨』とほぼ重なるが、後半の二人の比丘尼の問答は『一休骸骨』にない。だが、それは同じく一休の著作とされる『一休水鏡』なる書に収められる「二人比丘尼」（図38）と同趣であり、『幻中草打画』は、『一休骸骨』と『一休水鏡』に分断される前の古い形をとどめているのではないか、と

恋田論文　前者は『仏と女の室町──物語草子論』（二〇〇八年、笠間書院）の第十章、後者は『禅から見た日本中世の文化と社会』（二〇一六年、ぺりかん社）所収。

夢窓疎石　建治元年（一二七五）─観応二年（一三五一）。鎌倉・南北朝時代の禅僧。京都南禅寺、鎌倉円覚寺等に住し、後、京都に臨川寺、天竜寺を開く。後醍醐天皇、足利尊氏の帰依を受け、後醍醐天皇から「夢窓国師」の号を与えられた。

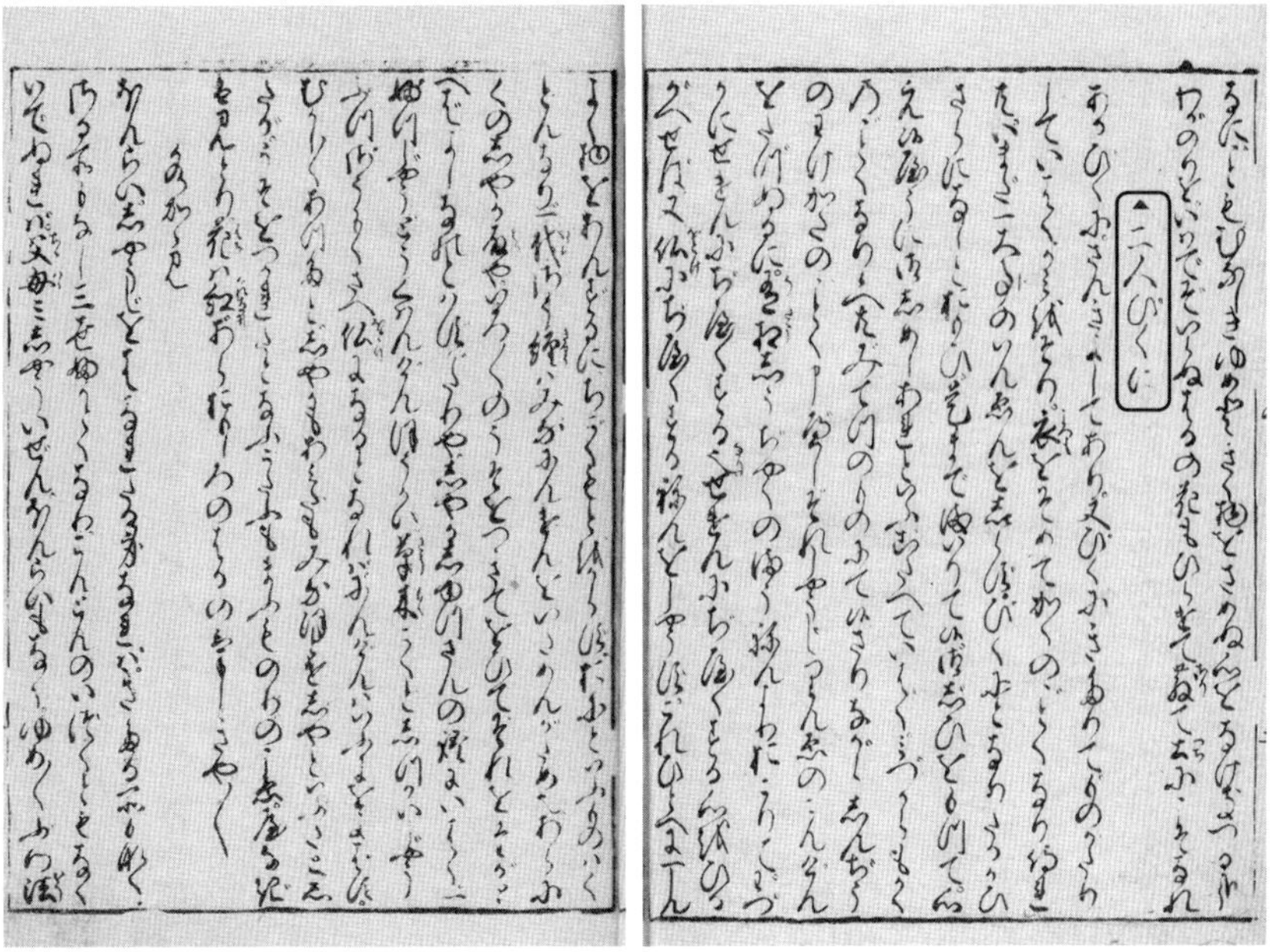

図38 『一休水鏡』の「二人比丘尼」

推測される。『幻中草打画』には、一休出生以前の康暦二年（一三八〇）の奥書があり、それにより『一休骸骨』（および『一休水鏡』）は『幻中草打画』成立後にそれを改変し、一休に仮託したものであろう、という。

その後、そのような、『一休骸骨』の原型ともいうべき『幻中草打画』と同趣の書が報告されている。国立歴史民俗博物館蔵『骸骨』、陽明文庫蔵『幻中草抄』、そして平成二十六年に某古書店の目録に載った一本である。それらは全く同じテキストではないが、版本『一休骸骨』以前の骸骨物語の由来を探る上で貴重な資料である。

なかでも、国立歴史民俗博物館蔵『骸骨』は、冒頭に登場する行脚の僧の絵に「むさうこくし（夢窓国師）」という注記が添えられ、この一篇が一休ではなく、同じく禅僧の夢窓疎石に仮託された書として享受されてきたことが知られて興味深い。また、同本には、後半の二人の比丘尼による問答場面が骸骨同士の問答

寛文十年版『書籍目録』「未刊文藝資料」第三期2『寛文十年書籍目録』（横山重解説、古典文庫、一九五三年）。

として描かれており、そのことからさかのぼって、前半、抱擁の後、死の床に就く骸骨が男であり、生き残り剃髪する骸骨が女であることが、明らかになる。版本『一休骸骨』だけでは判然としなかった点が、その原型と目される国立歴史民俗博物館本によって解明されるのである。

　また、『一休骸骨』は、江戸時代の出版書籍目録においては、寛文十一年（一六七二）版以降「法語」の項に分類されるが、最古の出版書籍目録である寛文十年版▲では「禅宗」の項に収められているのは、歴博本『骸骨』に代表される『幻中草打画』後半の二人比丘尼の問答が示す『一休骸骨』本来の面目を窺わせて興味深い。

五▶『九相詩』と『一休骸骨』の合体

『九相詩』と『一休骸骨』がいかに大きな影響を及ぼしたかを象徴的に示す作品がある。江戸時代初期、武士から僧に転じ、仏書『盲按杖《もうあんじょう》』、『念仏草紙』、『因果物語』などを著し、また天草の乱の後『破吉利支丹《はきりしたん》』を書いてキリシタン排撃と仏教の擁護に努めたことで知られる鈴木正三《しょうさん》（一五七九—一六五五）の『二人比丘尼』（刊年不明）という仮名草子▲である。この作品は、すでに指摘されているように、これまでに見てきた『九相詩』と『一休骸骨』の二書を合わせたような一編であった。

下野《しもつけ》の住人須田弥兵衛の妻は、戦《いくさ》で死んだ夫の跡を尋ね菩提を弔うため、一周忌の後、旅に出る。戦場にたどり着き、ここかしこと探し回り、日も暮れたので近くの草庵《そうあん》に宿ることにした。『一休骸骨』の僧と同じように、それは周囲に墓地のある草庵だった。夜もすがら墓に回向《えこう》して暁方にまどろんだ夢に骸骨が出現。しかし、こちらの骸骨は音曲《おんぎょく》に興《きょう》じるのではなく、弥兵衛の妻に

たれとてもその身のはてのいかならん　よそがましげの人のこゝろや

仮名草子　江戸時代前期に出版された、平仮名で表記された読み物、啓蒙書の総称。

という歌を詠みかけ、その歌に感銘した彼女に骸骨は生身の人間も骸骨も同じであることを説く（図39）、という趣向、これが前半。

『九相詩』の利用

後半は、草庵を立ち出で、さらに旅を続けて遭遇した不幸な寡婦《かふ》と意気投合し同居を始めるが、やがてその女に先立たれる。せめて葬儀をと村人に頼み、七日ごとの回向をせんと思い、初七日《しょなぬか》に出向いてみると、村人は亡骸を火葬にもせず野辺《のべ》に放ったままであった。以下、五七日《ごなぬか》まで、七日ごとの亡骸毀損の有様が、『九相詩』さながらの挿絵とともに描写される。初七日の図は、『九相詩』に「既ニ七日ヲ経テ皃纔《かたちわづか》ニ存《あ》リ」とある「肪脹相」であろう。

七日と申すに野辺に行きて見侍《みはべ》れば、煙ともなし参らせず、只其儘《ただそのまま》にて捨て置きたり。［中略］古の人ともおもほえず髪はをどろのごとくみだれ、五体はは［腫］れたゞれ、おそろしげなる有様見るになみだも止まらず。（図40）

（初七日に当たる日に亡骸を運んだ野辺に出かけて様子を見ると、亡骸は火葬にもして差し上げず、そのままに放置してあった。（中略）生前の故

図39 『二人比丘尼』

図40　同七日

人とも見えず髪は雑草のように乱れ、顔手足腹など身体は膨張して皮膚は爛れ、その恐ろしい有様を見ると涙も止まらない。）

二七日に行きてみれば、空吹く風は四方に臭気を送り、そのかたちは腫れに腫れてところどころの肉も切れ、腸は破れてあたりにみだれ、犬はあらそふて東西にむらがる。（図41）

（二七日《ふたなぬか》に行って見ると、空を吹く風は四方に臭気をまき散らし、身体は大きく腫れ上がって所々の肉もちぎれ、腹も破れて内臓はその周辺に散乱し、何匹もの野犬は争って死者の肉に群がっている。）

と描写される二七日の有様は、『九相詩』に、「腐皮悉《ことごと》ク解ク青黛ノ皃、膿血忽《たちま》チニ流ル爛壊《らんえ》ノ腸《はらわた》」と詠じられる「血塗相」に、「犬は……むらがる」の部分は「飢犬吠喤《きけんへいこう》ス喪歛《もれん》ノ地」とある「噉食相」にあたるか。

三七日に行きて見れば、かたちもつづかず肉も破れちりて、白き蛆《うじ》となり、青蠅はあつまりてあたりに満ち満ち、蘭麝《らんじゃ》のにほひは臭気と成りて人を汚し、いにしへのおもかげはいづちへかゆきけん、あさましき気色なり。（図42）

図41　同二七日

図42　同三七日

（三七日《さんしちにち》に行って見ると、体はバラバラになり肉も食い散らされて、白い蛆虫（のかたまり）となり、青蠅は群がって飛び回って、故人が生前使用していた蘭麝香の香りは腐乱の臭気となって見る人を襲い、美しかった故人の面影はとこへ行ってしまったのだろう、あきれるほか無い様子である。）

これも『九相詩』に「白蠕《はくしゆう》ノ身ノ中ハ青フシテ蠢々《しゆんしゆん》タリ　青蠅肉上幾バク栄々タリ」と記される「方乱相」を受ける。

四七日にもなりぬ。行きて見るに、はや臭気もうすくなりて、骨にのこる肉も乾き、白き蛆もここかしこにはい散りて、青蠅も今はなし。乱れ髪は風に散りてところどころの草の根にまとはり侍れば、人の果てとも見えわかず。（図43）

（四七日にもなってしまった。行って見ると、もはや臭気も薄まり、骨にこびりついていた肉も乾燥して、白い蛆虫もあちらこちらまばらに散らばって、青蠅ももはや見えない。乱れた頭髪は風に飛ばされてあちこちの草の根っこに引っかかっているので、それらが人間の最後の有様だとも認識

図43　同四七日

できない。)

五七日にもなりぬれ。今日をなごりと思ひ、一しほあはれはまさりつゝ、野辺に行きて見るに、あたりの草もしげりあひ、蓬《よもぎ》がもとに残れる骨もつゞきたる所はなし。男女のさかひもなく、雨にそそぎ日にさらして、臭気も更になし。白き骨はつがひはなれて、爰《ここ》かしこの草の根にあり。(図44)

(五七日にもなった。これが最後の弔《とむら》いだと思い、これまでにもまして悲しみをつのらせて、野辺に出向いて見ると、亡骸のあったあたりの草も茂って、蓬の根元に残る骨もバラバラである。男女の見分けもつかず、雨に洗われ日に晒されて、臭気もまったくなくなっている。白骨はつながりもはずれ、あちこちの草の根元に散らばっている。)

このように五七日まで先立った尼の亡骸に供養《くよう》して、弥兵衛の妻は庵を後に求《ぐ》道《どう》の旅を続け、山寺の僧に帰依し、その僧のもとで受戒、剃髪し、「道心有る人は寺を出で候なり」、「志有る人の交わるべき様にもあらざれば、寺を出《いづ》るは理《ことはり》なり」という師の教えに従いさらに諸国修行の旅に出る。やがて深山に隠れ住む老比丘尼に巡《めぐ》り会い、その比丘尼と激しい仏道問答を交わした後、師として仕え、

図44　同五七日

ついに大往生を遂げた、という話である。

世上に流布する版本の『一休骸骨』と『一休水鏡』所収の「二人比丘尼」しか知らなければ、正三の仮名草子『二人比丘尼』は、その二書を巧みにつなぎ、間に『九相詩』の趣を取り入れた作品というふうに見えるが、恋田氏による『幻中草打画』の考察で示されたように、『一休骸骨』の原型にあたる『草打画』にすでに二人の比丘尼の問答が含まれていたことを考えると、鈴木正三の工夫は、『九相詩』の採用と、問答における、正三提唱するところの「仁王禅」色の加味にあるといえようか。

なお、正三『二人比丘尼』に関しては、主人公須田弥兵衛の妻の名を冠した『須田弥兵衛妻出家絵詞』および『須田弥兵衛妻物語』という絵巻と冊子（ともに写本）もあることが、田中伸『仮名草子の研究』（桜楓社、一九七四年）に報告されている。


『続猿蓑』　蕉門（松尾芭蕉の門下）の連句、発句を集めた江戸中期の俳諧集。元禄十一年（一六九八）刊。

現代の『一休骸骨』

これまでに見てきた『九相詩』や『一休骸骨』に見られる中世日本人の屍観、骸骨観が、近世に入っても人々の心を摑んで放さなかったことは、すでに見た近世におけるそれらの盛んな出版が雄弁に物語っている。文人たちへの影響につい

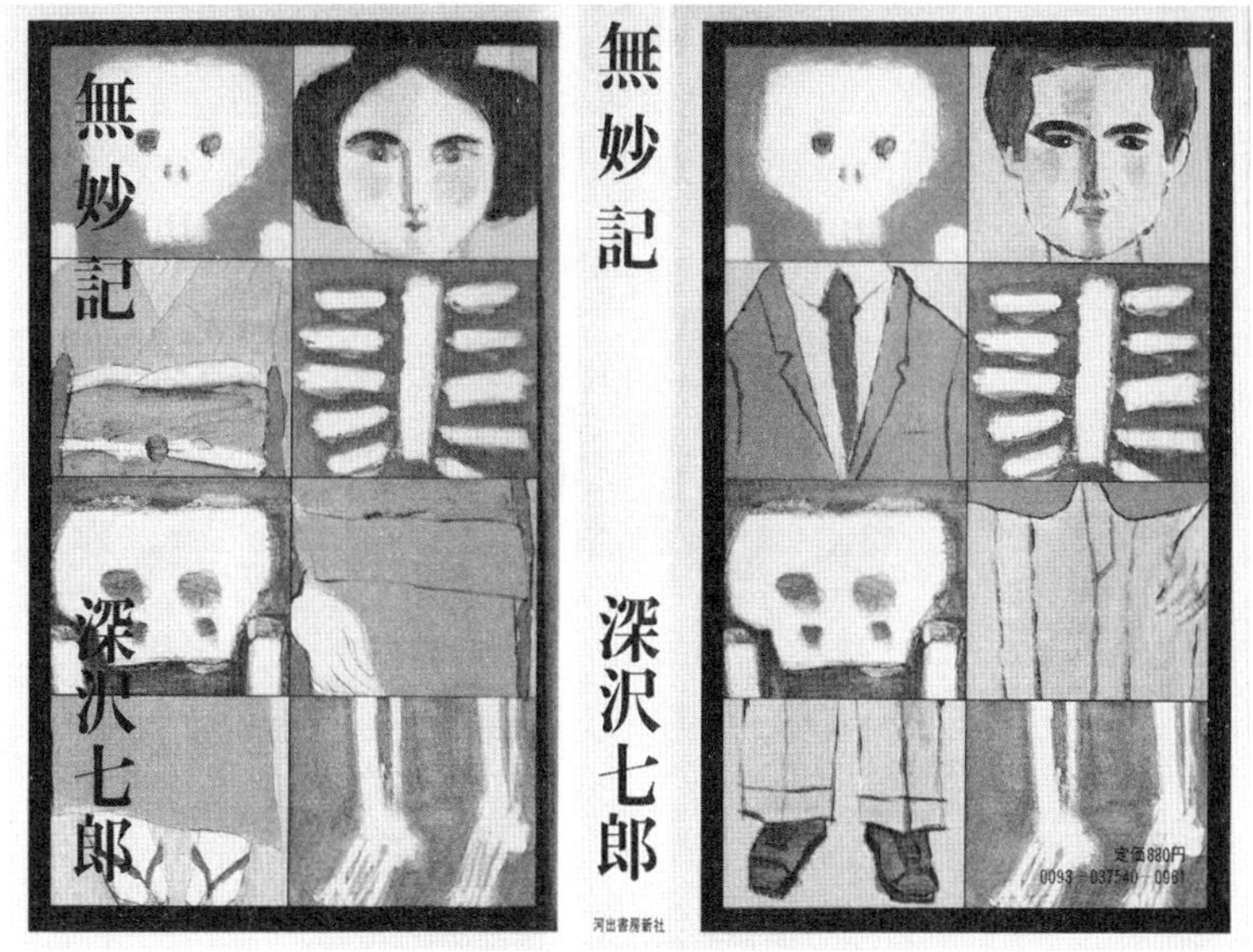

図45　深沢七郎『無妙記』カバー（1975年、河出書房新社）。装幀＝早川良雄

ても、芭蕉には、『続猿蓑《さるみの》』▲に「骸骨どもの笛鼓をかまへて能《よく》する処」の絵を見て、「まことに生前のたはぶれなどは、このあそびに殊《こと》ならんや」と思って詠んだという句のあることが報告されており、山東京伝が読本《よみほん》『優曇華《うどんげ》物語』、洒落本『傾城買《けいせいがい》四十八手』、その他黄表紙《きびょうし》などで、頻繁に『九相詩』に言及し、あるいは引用し、活用していることを、佐藤至子「京伝と九相詩」（『文学』二〇一六年七・八月号）が詳しく述べている。

では、近現代においてはどうなのだろう。

ここにカバーに奇妙な骸骨を描いた一冊の本がある。どうして「奇妙」なのかというと、そこに描かれているのは、体の一部分は普通の人間で他の部分は骸骨、という絵だからである（図45）。『楢山節考』を書いた深沢七郎の『無妙記』という短編小説集、その巻頭に収められた「無妙記」という二十ページほどの短編が、集のタイトルになり、カバーの絵にもなっているのである。初出は昭和四十四年の『文藝』十一月号。

その内容を要約すると、京都で、毎月二十一日の東寺と二十五日の北野天神の縁日に骨董《こっとう》の出店をする男が、借金回収の算段をする場面から始まる。手伝いの男に謝金を払うために、まずアパートの隣室の大学生に五百円札の両替を頼みにいって、その学生に四十年前の自分の姿を見、四十年経てばこの大学生も今の自分と同じ老人になるのだ、そして「この大学生も結局は白骨になるのである」と思い、「目の前にいる大学生が白骨の姿に思えてきたのだった」。両替を済ませた札で、「手伝い男に三百円支払のだが、この手伝い男の姿も白骨に思えながら渡したのだった」と、以下次から次へと男の前に出現する人間たちが、みな白骨の相を呈するのである。

金閣寺の裏の火葬場へ行く死骸を乗せて走っているのだが、その運ばれている死骸も間もなく**白骨**になるのである。霊柩車のあとからタクシーが二台つづいて走っていて、中にいる喪服を着た会葬者たちは、何年か、何十年かたてば**白骨**になるのである。だから、いま霊柩車で運ばれている死骸とはわずかの別れだが、別れを惜しんで憂《うれ》いに沈んだ顔をして乗っているのだった。

［中略］

電車の中には**白骨たち**がいっぱい詰《つま》って乗っていた。これから映画を見に

行く**白骨たち**や、夕食の買物に行く**白骨たち**や
（わたしの着ているお召の着物や西陣帯はなんと美しいことだろう）
と思いながら乗っている**白骨たち**が顔を合わせたり、電車がゆれて顔が触れそうになったりするがお互いに黙り込んでいた。

隣りのボックスでは二人の**白骨**が骨つきの鶏のカラあげをシャブりながら話していた。

［中略］

その向うでも三人の大学教授の**白骨たち**がエビの天ぷらを食べながらしゃべっていた。白い歯でエビの天ぷらを食べながらひとりの大学教授の**白骨**は言った。

［中略］

三人の**白骨**はエビの天ぷらを食いながら喋《しゃべ》っている。雨がどーっと降って、京極の通りは修学旅行の**白骨の群れ**が押しよせるように通っていた。土産物《みやげもの》売り場の**白骨**の**売り子**が黄色い声で
「とても、お気の毒な品物だけど、早く買ってお土産にしなさいよ」
と声をはり上げていた。その隣りの喫茶店では二人の女の**白骨**が向い合っ

て話していた。　（太字は引用者。以下同）

といった文章の連続は、『一休骸骨』の、笛を吹き鼓を打ち、それに合わせて舞い、宴に興じる骸骨のさまを思わせる。そして、「修学旅行の高校生たちの白骨の集団が雨の中を走り廻って」いる京極の通りの土産屋の軒下に雨宿りしている男が、

「おいでやす、この羊羹、一箱七十円で仕入れたんどすけど、三百五十円で買うたらどうどす」

と、ひとりの**白骨**の女が騒いでいた。

という情景を目にするところで一篇は終わる。それはまさに『一休骸骨』の、

そもそもいづれの時か夢のうちにのら［ママ］ざる。いづれの人か骸骨にあらざるべし。それを五色の皮につゝみて、もてあつかふほどこそ、男女《なんによ》の色もあれ、息絶え身の皮破れぬればその色なし。上下《かみしも》の姿も分かず。たゞ今、かしづきもてあそぶ皮の下に、この骸骨を包みてうち［ママ］たりと思ひて、此念をよくよく

こうしんすべし。尊《たつと》きもいやしきも、老ひたるも若きもさらにかわりなし。
たゞ一大事の因縁をさとるときは、不生不滅のことわりをしるなり。

という言説の、現代社会（といっても、それはすでに半世紀近く前の風景ではあるが）における検証と再確認といえるのではないか。

深沢七郎が『一休骸骨』の読者であったかどうか、筆者には判断材料がない。江戸時代には版本でそれなりに流布していた本だと思われ、近代になっても、『国書総目録』によれば、『一休和尚全集』、『高僧名著全集』、『国民思想叢書』、『禅学名著集』、『禅門法語集』などに活字翻刻が収録されている。

そのような出版状況下で深沢七郎が『一休骸骨』に目を通していたかどうかはわからないが、もし目に入っていなかったとすれば、それはそれで『一休骸骨』に通底する深沢七郎の人間観には端倪《たんげい》すべからざるものがあるといえるであろう。深沢七郎の胸中にも、『一休骸骨』の謡い踊る骸骨の絵を見て「まことに生前のたはぶれなどは、このあそびに殊ならんや」と観じた芭蕉と同じ思いが潜んでいたのかもしれない。

あとがき

清少納言は『枕草子』に、「遠くて近きもの」として「極楽」と「舟の道」と「男女の仲」を挙げている（能因本▲）。「死」は若い世代にとっては遠いものかもしれないが、実はそれも「遠くて近きもの」なのかもしれない。

国文学研究資料館では、平成二十五年度から一〇年にわたる大型プロジェクト「日本語の歴史的典籍の国際共同研究ネットワーク構築計画」を推進中であり、日本語の歴史的典籍三十万点の画像データベース化と、それを研究資源とした国際共同研究のネットワーク構築を目指している。本冊子はその事業の一環として、国文学研究資料館が所属する人間文化研究機構の連携共同研究「青少年に向けた古典籍インターフェースの開発」の成果として刊行するものである。

ただし、現時点において、本書で扱った『絵入源氏物語』以外の画像データは未完成なので、本冊子使用の写真は、キリシタン版『倭漢朗詠集』および京都大学蔵『天竺物語』を除いて筆者所蔵の本を用いた。筆者の手許の資料は、追って本プロジェクトの画像データベースに加え、公開する予定である。

能因本　江戸時代に版本で流布した『枕草子』の伝本系統。現在は別系統の「三巻本」が多くの古典全集に採用されており、「三巻本」では、「男女の仲」は「人の仲」となっている。

『九相詩』関連の資料は、慶長頃版『九相詩』および奈良絵風『九相詩』以外は『九相図資料集成――死体の美術と文学』（山本聡美・西山美香編、二〇〇九年、岩田書院刊）に本書で言及しなかった資料も含め網羅されており、また『一休骸骨』、『二人比丘尼』、『九相詩』の版本は『近世文学資料類従 仮名草子編10』（一九七三年、勉誠社刊）に影印が備わる。前者『九相図資料集成』には、編者山本・西山両氏の他、相澤正彦、林正彦氏の精緻な論考が付されているが、筆者の非才ゆえその成果を本冊子に十分生かせなかったことを遺憾とする。

ところで、『死を想え』という本冊子のタイトルから連想されるのは、四二頁で触れたように、ヨーロッパ中世の「メメント・モリ」という思想であり、それを代表する十四世紀に刊行された版本『死の舞踏（ダンス・マカーブル）』であろう。本冊子執筆においてもそれとの対比の誘惑に駆られたが、筆者の勉強不足と紙幅の関係で、今回は見送ることとした。『死の舞踏』に関しては、すでに小間瀬精三『死の舞踏――西欧における死の表現』（中公新書、一九七四年刊）、小池寿子『死者たちの回廊――よみがえる「死の舞踏」』（平凡社ライブラリー、一九九四年刊）等の著述があり、また中世以降のヨーロッパにおける「メメント・モリ」

の伝統については、一九九四年に町田市立国際版画美術館で開催された「死にいたる美術——メメント・モリ」展の同名図録に詳しい。

なお、京都大学蔵『天竺物語』付載の「九相歌」については、筆者が先に奈良絵風『九相詩』の紹介記事「版本『九相詩』前夜」(『書物学』一号、二〇一四年、勉誠出版)を書いた後、キリシタン語学研究者の岸本恵実氏から教示された。記して謝意を表する。

二〇一六年十一月八日

今西祐一郎

掲載図版一覧

図１～３　『絵入源氏物語』承応３年版本　個人蔵

図４・５　『経山独庵叟護法集独語』「般若九想図賛」　個人蔵

図６～14　『九相詩』元禄５年刊　個人蔵

図15　『遍照発揮性霊集補闕鈔』慶安２年刊　個人蔵

図16　『九想詩歌』貞享２年刊　個人蔵

図17　『九想詩諺解』元禄７年刊　個人蔵

図18　『九想詩絵抄』文化７年刊　個人蔵

図19・20　キリシタン版『倭漢朗詠集』
（影印：京都大学国語学国文学研究室刊）

図21　『天竺物語』（影印：京都大学国語学国文学研究室刊）

図22～28　奈良絵風『九相詩』　個人蔵

図29・31・32・34～36　『一休骸骨』元禄５年刊　個人蔵

図30・33　『一休骸骨』慶長頃刊　個人蔵

図37　『一休ばなし』寛文８年刊　個人蔵

図38～44　『一休水鏡』「二人比丘尼」刊年不明　個人蔵

図45　深沢七郎『無妙記』（河出書房新社）カバー

今西祐一郎（いまにしゆういちろう）
1946年、奈良県生まれ。京都大学文学部卒業。現在、国文学研究資料館館長。専攻、日本古典文学。著書に、『源氏物語覚書』『蜻蛉日記覚書』（以上、岩波書店）、校注書に、『蜻蛉日記』（岩波文庫）、『通俗伊勢物語』『和歌職原鈔』『古今集遠鏡』全２巻（以上、平凡社東洋文庫）などがある。

ブックレット〈書物をひらく〉1
死を想え『九相詩』と『一休骸骨』
2016年12月16日　初版第１刷発行

著者　今西祐一郎
発行者　西田裕一
発行所　株式会社平凡社
〒101-0051　東京都千代田区神田神保町3-29
電話　03-3230-6580（編集）
03-3230-6573（営業）
振替　00180-0-29639
装丁　中山銀士
DTP　中山デザイン事務所（金子暁仁）
印刷　株式会社東京印書館
製本　大口製本印刷株式会社

ISBN978-4-582-36441-5
NDC分類番号910.2　A5判（21.0cm）　総ページ90

平凡社ホームページ　http://www.heibonsha.co.jp/

発刊の辞

これまで、限られた対象にしか開かれていなかった古典籍を、撮影して画像データベースを構築し、インターネット上で公開する。そして、古典籍を研究資源として活用したあらたな研究を国内外の研究者と共同で行い、新しい知見を発信する。これが、国文学研究資料館が平成二十六年より取り組んでいる、「日本語の歴史的典籍の国際共同研究ネットワーク構築計画」（歴史的典籍NW事業）である。そしてこの歴史的典籍NW事業の多くのプロジェクトから、日々、さまざまな研究成果が生まれている。

このブックレットは、そうした研究成果を発信する。「書物をひらく」というシリーズ名には、本を開いて過去の知をあらたに求める、という意味と、書物によるあらたな研究が拓かれてゆくという二つの意味をこめている。開かれた書物が、新しい問題を提起し、新しい思索をひらいてゆくことを願う。

書物は、開かれるのを待っている。書物とは過去知の宝蔵である。古い書物は、現代に生きる読者が、その宝蔵を押し開いて、あらためてその宝を発見し、取り出し、活用するのを待っている。過去の知であるだけではなく、いまを生きるものの知恵として開かれることを待っているのである。

そのための手引きをひろく読者に届けたい。手引きをしてくれるのは、古い書物を研究する人々である。

これまで、近代以前の書物――古典籍を研究に活用してきたのは、文学・歴史学など、人文系の限られた分野にほぼ限定されていた。くずし字で書かれた古典籍を読める人材や、古典籍を求め、扱う上で必要な情報が、人文系に偏っていたからである。しかし急激に進んだＩＴ化により、研究をめぐる状況も一変した。現物に触れずとも、画像をインターネット上で見て、そこから情報を得ることができるようになった。